秘め事おたつ

細雨

藤原緋沙子

幻冬舎時代小説文庫

細雨

秘め事　おたつ

目次

細雨

一

両国橋西に広がる米沢町一丁目に『稲荷長屋《いなりながや》』と呼ばれている裏店《うらだな》がある。
長屋の奥にお稲荷さんを祀《まつ》っていて、それで近隣の者たちからそう呼ばれている
のだが、手職の者や物売りなど、雑多な職の貧乏人が暮らしているのは余所《よそ》の長屋
とさしたる違いはない。
ただひとつ違いがあるとすれば、この長屋では、東の空がしらじらと明けてくる
と、ひときわ高らかに、柴犬の「とき」が声を上げる。
「わ、お～ん、わんわん！」
ときは、この長屋に住む「青茶婆」おたつが飼う雌犬で、毎日夜明けを長屋の住
人に告げる珍しい芸を持っている。
ときという名も、時の鐘からとったものだが、声を張り上げるのはその一声だけ、
あとは知らんぷりして軒下で二度寝に入る。
すると、あっちの長屋の戸、こっちの長屋の戸が開いて、住民がおたつ婆さんの

長屋の前に集まって来て戸を叩く。

「おたつ婆さん、いいかい？」

今朝一番に戸を叩いたのは、棒手振《ぼてふ》りの弥之助《やのすけ》だ。

弥之助は野菜を今は担っているが、少し前までは魚を商っていた。だが魚は売れ残ると値を下げて売るしか術《すべ》がなく儲《もう》けが少ない。

そこで商い替えをしたのだが、田舎者の弥之助にはこの江戸にその元手を借りられる身内という者が一人もいない。

結局、烏金《からすがね》と呼ばれる金を、おたつ婆さんから借りなければ、商いどころか暮らしにも事欠く有様、毎朝この戸口に立つことから弥之助の一日が始まるのだ。

弥之助の後ろに立つ、目明あんまの徳三《とくぞう》、鋳掛《いか》け屋の佐平治《さへいじ》も、弥之助と同じで、こちらも烏金が目当てで順番を待つ。

皆、おたつ婆さんがいなくては、明日の暮らしもおぼつかない連中なのだ。

「入りな」

おたつの声を聞くまでもなく、弥之助は戸を開けて中に入った。

「どうだい、昨日の商いは……」

おたつは、上がり框《かまち》近くの板の間にぺたりと座り、膝の上に大福帳《だいふくちょう》を広げた姿で弥之助を迎え入れた。

「へい、お陰様で売り切りました」

弥之助はそう告げると、懐《ふところ》から薄汚れた色の手ぬぐいに包んできた物を、おたつの膝前に置いた。

おたつが、その手ぬぐいの包みを払って中身を見遣《みや》る。

そこには一文銭を挿した銭挿《ぜにさ》し二つと、あとは四文銭などがじゃらじゃらとある。

「昨日貸した五百文だね、間違いないね」

「へい、夕べなんべんも勘定しておりやす……で、こちらが利子の十五文です」

弥之助は今度は巾着《きんちゃく》から、十五文を取り出して、おたつの前に置いた。

おたつはそれを掌《てのひら》に載せて言う。

「弥之助さん、あんたの母親が言っているのだと思って、よおく聞いておくれよ。いいかい、烏金っていうのは、あたしが言うのもなんだけど、一日貸しの高利貸しだ。つまり、今日の朝貸せば、明日の朝、烏が『カア！』と鳴く頃には返して貰わねばならない。まあ、うちでは烏の代わりに、ときが鳴いてくれるのだが、これは担保なしの貸借法によるものだ。その利子は百文に二分《にぶ》か三分というところが相場だが、うちでは三分となっている」

「へい、よく分かっておりやす」

「ただしうちでは、お前さんたちに頼み事をしている。だからそれを引き受けてくれている間は、利子の値引きをしているのだ」

「へい、それもよく分かっておりやす」

弥之助は言った。

実はおたつは、この長屋の者には金を貸す代わりに、ひとつ頼み事をしている。それは吉次朗《きちじろう》という人物の噂なり居所なりを耳にした時には、必ず報告してくれるようにというもので、一向に成果があがらないからといって、利子の値引きを止めるということはない。

「で、そっちの方だが、何か耳にしたかい？」

おたつは訊《き》く。

「それが何も……」

「そうかい……」

おたつは頷《うなず》いた。弥之助の報告を決して疑うことはない。

おたつは、弥之助が差し出した利子のうちから十文を突き返してやる。この十文は、おたつの頼み事を聞いてくれていることへのせめてもの礼のようなものだ。

「すまねえな」

弥之助は、すばやくその十文を取り上げて巾着に放り込んだ。十文だって弥之助には馬鹿にならない銭だ。餅菓子《もちがし》だって買えるし、安酒なら一杯飲めるところがある。

「それで、今日はどうするんだい？」

おたつは尋ねた。短い問いかけだが、長屋の暮らしはお互い百も承知だからそれで通じる。おたつは今日も商いに行くのかと訊いたのだ。

「へい、今日もお願いいたしやす」

弥之助は手をすりあわせた。

「いくら？」

「昨日と同じ五百文で……」

「いいかい、毎日の商いから、少しずつ貯めるんだよ。いつまでたっても、あたしの金を頼りにしてると、店が持てないんだから……所帯だって持てないんだ、分かってるんだろうね」

おたつは、先ほど弥之助が返済した五百文の金を、弥之助の方に押し返しながら云い聞かせた。

「肝に銘じて……」

弥之助は神妙な顔で頷いた。

「いい返事だ。しっかり働いて、明日もきっちり返しに来るんだ。一度滞ったら、二度と貸さないからね」

おたつは、厳しい顔をして弥之助を送り出した。


一刻後、おたつは巾着袋をぶら下げて外に出て来た。

戸をぴしゃりと閉めると、しっぽを振って見上げているときに餌《えさ》をやりながら言い聞かせる。

「ときや、今日は遠出だから、お前はここで留守番をしておくれ。あやしい奴がやってきたら、噛みついて放すんじゃないよ。遠慮はいらない、思いっきり噛みつくんだ。まっ、お前が吠えれば、大家さんが飛んで来てくれることになっているから、いいね」

ときは、聞いているのかいないのか、夢中で餌をむさぼっている。

そのときの首輪は、虹色の糸で組んだ真田紐《さなだひも》で、それには小さな鈴が付けてある。

ときは、ちりちりと鈴を鳴らしながら、あっという間に餌を平らげると、もっとくれないの?、というようにおたつを見上げた。

「いい子だね」

おたつはときの頭を撫《な》でると、長屋の木戸口にある大家の戸を開けた。

「庄兵衛《しょうべえ》さん、頼むよ!」

部屋の中に向かって大声を上げた。

すぐに、眼鏡を掛けた庄兵衛が出て来た。つるりとした月代《さかやき》、白髪の交じった薄い髪、袖無《そでな》し袢纏《はんてん》を引っかけた、おたつと似たような年頃の男である。

「今日はどこまで行くんだね」

庄兵衛は眼鏡を外して、婆さんを見た。

「深川ですよ」

「ああ、貸し家の家賃の取り立てだね」

庄兵衛は、おたつが深川に一軒屋を持っていて、それを人に貸していることを知っている。

「いや、岡場所さ。櫓下《やぐらした》の岡場所、三月に一度の取り立てさね」

「結構なこった。家賃も入るし、金貸しもやっていて利子も入る。あやかりたいね、おたつさんに」

褒め言葉にも、皮肉っているようにも聞こえる。

おたつは、ふふんと笑うと、

「あたしはこれまでに、うんと苦労をしてきたんだ。貸し家一軒ぐらい持ってたってバチは当たらないよ。金貸しの方は人助けのようなものさ、たいして利はないんだから」

「また、そう言ってはぐらかす」

「とにかく留守を頼むよ。お土産にかりんとう買ってきてあげるからさ」

「ふん、土産だなんだと調子のいい事言って、いつもきちんと代金取るじゃないか」

「運び賃は貰ってないじゃないか。文句をいうのなら、次から買ってこないからね」

おたつは負けずに言い返すと、木戸をくぐって表通りに出た。
刹那《せつな》、大勢の男女が行き交うのが目に入った。おたつは目をぱちくりすると、足取りも軽やかに深川に向かった。

頃は五月、大川にはさまざまな船が行き交い、川岸には青く茂った桜の並木が見える。

「ふん……」

おたつは、屋根船で興じる商人たちの姿や、川岸で肩を並べて語らう若い男女、竹刀を肩に道場から帰る武士の子息たち、その向こうに見える俵物《たわらもの》を積み上げて運ぶ荷船などを眺めながら、黙々と歩いて行く。

まもなくおたつは、大橋の袂で『どんぶりうなぎ飯』の看板を出している葦簀張《よしずば》りの腰掛け店に入った。

「与七《よしち》さん、これから取り立てに行くんだが、一椀頼むよ」

「おたつさんか、そこに掛けて、いつものように、その漬け物とお茶勝手にやってくんな」

威勢の良い声が返ってきた。

絞りの柄のねじり鉢巻き、粋な縞の着物に白い襷《たすき》を掛けた男が、忙しそうにうなぎを焼きながら、おたつににこりと笑って言った。

「ご飯は少なくていいからね、タレはたっぷり掛けておくれ」

おたつも笑みをみせて腰掛けに座る。

そしておもむろに袂から煙管を取り出すと、うまそうに煙草を飲み始めた。

「しかしおたつ婆さんは元気だな。うちのおふくろと変わらない年頃だというのに、そうして暇なしに働いて、立派に金を稼いでさ。うちのおふくろなんざ、こっちが痛い、あっちが痛いなんて近頃では食事を作るのも難儀な様子で……うなぎでも食べりゃあ元気がでるのに、食も細くてね。それに比べておたつさんは、五日に一度は判を押すように、こうしてあっしの店に立ち寄ってくれて、しっかりうなぎを食べてくれる。元気でいたけりゃ、そうでなくちゃあ」

与七は愛想の良い言葉を並べながら、炭火の具合を見、うなぎにタレを付けていく。

「与七さんのうなぎ格別美味いからね」

おたつは与七の手元を盗み見るようにして言う。

「ありがとよ。近頃では下りの醤油より地回りの濃い口醤油が蒲焼きにはいいんでね、みりんも酒もそう、地回りだ。それに砂糖もたっぷり使っているからね」

与七は自慢気だ。

「あんたのおっかさんは幸せだね。こうして立派に店をやる倅《せがれ》がいてさ、優しい声のひとつも掛けてもらえるんだもの。今さっき与七さんは、あたしの事を元気でいいな、なんて言ってくれたけど、あんたのおっかさんと違って、あたしには倅も娘もいないんだから、世話をしてくれる人もいない、あっちが痛い、こっちが痛いなんて言っていられない。自分で働いて、自分の口過ぎをしないとね。少々無理してでも動かなくちゃあならないんだ。だからこうして、五日に一度は、あんたの焼いてくれるうなぎを食べて元気をつけているんだよ」

おたつは、ぱりぱりと漬け物を食べながら、うなぎを焼く与七の顔を見ながら言った。

「分かってるって、おたつさんの身の上はよ、それにおたつさんは人を探しているんだったな。確か、その人の名は……そうだ、吉次朗さんだ」

与七が、今思い出したように声を上げると、

「覚えていてくれたんだね、その後、聞いたことはないかい……」

ふいにおたつの顔が真剣になった。

「吉次《きちじ》ってケチな野郎は知ってるけどな」

与七は煙の向こうから、おたつをちらと見て言った。

「吉次だって……いくつぐらいの人だい、その人は」

「おたつさん、吉次はもう四十は過ぎてるぜ。おたつさんが捜してるのは、まだ二十歳にもなってねえんだろ？」

与七は、焼き上がったうなぎを、どんぶりのご飯の上に載せ、壺のタレをたっぷりと掛け、おたつのところに運んで来た。

「それにしても、なぜそんなに必死になって、吉次朗って人を捜しているんだい？」

与七は、お茶を淹れてやりながら、おたつに訊く。

「恩ある人のゆかりの人なんだよ。それ以上は話せないけど、あたしはその人を捜し出さないうちは死ねないって決心しているのさ」

与七は頷いて、うなぎ飯を美味しそうに食べるおたつの顔をじっと見詰める。

「何見てるんだよ、恥ずかしいじゃないか」

おたつが気付いて笑うと、

「いや、あっしはね、おたつさんは、そんじょそこらの女子《おなご》ではないって見ているのさ。長屋の住人たちと同じような口をきくけど、おたつさんには、なんとなく品ってもんがあるじゃないか」

「よしとくれ、長屋の婆さんに、品なんてあるものかね。この歳だからね、言いたいことを言って、好きなように暮らす、それがあたしの身上ってもんさ……」

おたつは、ぺろりとうなぎ飯を平らげると、巾着から二百文を出し、盆の上に置いた。

「さあ、取り立てだ、また来るよ」

手を上げると店を出た。

二

おたつが、深川の岡場所櫓下にある若松屋《わかまつや》と常磐屋《ときわや》など何軒か回って帰宅したのは七ツ過ぎだった。

さすがに足が疲れて食事の支度もおっくうになり、すぐそこの両国の出店で買ってきた餅菓子を夕食がわりにしようと決めた。

すぐに火鉢の火を熾《おこ》し、鉄瓶を掛けて火鉢の前に座ったその時だった。ときの鳴き声がした。

おやっと耳を傾ける。

ときは、親しい人には甘えの混じったうなり声を出す。だが見知らぬ人なら威嚇《いかく》の鳴き声を上げる。

――誰か余所の者が来たのか……。

握っていた火箸を灰の中に突き刺したその時、足音がおたつの家の前で止まった。

「おたつ婆さん、帰っているかい」

弥之助の声だった。

――おかしいな、弥之助なら、ときはあんな鳴き声はしないはずだ。

いぶかしく思いながら、火箸を強く握りしめたまま、

「いるよ、入りな」

声を掛けた。

すると、まず弥之助が顔を出し、背後を振り返って、今度は女を招き入れた。

女は俯《うつむ》いたままの姿で、弥之助に言われるままに入って来た。

一見したところ、三十前後の女房のようだが、青白い顔をしていて精気がない。

「すまねえ、こんな時刻に……実はおたつ婆さんに頼むしか方法がねえと思ってな」

ちらと連れて来た女を見遣る。

「弥之助さん、まさか私に不義の片棒を担がせるっていう話じゃないだろうね」

おたつは、ぎょろりと二人を見て言った。

「まさか、とんでもねえよ」

弥之助は、手を横に振って慌てて否定し、

「あっしにそんな甲斐性《かいしょう》のねえことぐらい、知ってるじゃねえか」苦笑いした。

「だったら、その人はなんなのさ」

「実は、大川に身を投げようとしたところを、あっしがすんでのところで背後から帯を摑んで止めたんだが、この通り、なんにもしゃべっちゃあくれねえ。番屋に連れて行こうと思ったんだが、途中で逃げだそうとするんだ。といって一人にしておくのも危ねえし、かと言って、あっしの長屋にという訳にもいかねえ。そこでふっと、おたつ婆さんの顔が浮かんだという訳さ」

弥之助は申し訳なさそうに言う。

「つまり、あたしに面倒をみてくれって事かい……」

おたつは、じろりと女の顔に視線を投げた。だが女は俯いたままだ。

「忙しいことは分かってるけど、この通り、人助けだと思ってよ」

弥之助は、手を合わす。

「ったく、お前さんはろくな話を持ってこないね。行き倒れの爺さんを連れてきたり、迷子を拾って来たり……その度に、あたしに押しつけて」

「今度が最後だ、なあ、おたつさん、困った人を助けられるのは、この長屋では、おたつさんしかいないんだから」

弥之助は土間に腰を落とした。神妙な顔でおたつを見上げる。

「大家がいるじゃないか、庄兵衛さんに頼めばいいんだよ」

おたつは言った。

「だって庄兵衛さんは男だぜ、あんな爺さんでも、むらむらってきたら、どうするんだよ」

「心配しなくってても、あの男はもう枯れてるよ」

「いや、おたつさんはそうかもしれねえが、男は違う、いくつになっても男なんだって」

「まったく、知ったような口をきいて、言っとくけどね、女だって、灰になるまで女だというだろ」

「おたつばあさん……」

弥之助は、泣くような声を上げて、

「おたつばあさんに厄介を頼むかわりに、あっしがときの面倒をいっさい引き受けるからさ、それならいいだろ」

「ああ、まったくあんたの泣き落としにゃ参ったね……分かったよ、分かったからお立ち」

おたつは、舌打ちして弥之助を立たせた。

「そのかわり、言っとくよ。今夜だけだよ。明日になったら、出てってもらうよ。

あたしにはあたしの仕事があるんだから、手間賃ももらえないようなことはしたくないんだ、ふん」

まったく厄介な話を持ち込むものだと、おたつは俯いて土間に立ち尽くす女をちらと見遣った。

「ありがてえ、恩にきやす」

弥之助はぺこりと頭を下げると、一度表に出て、売れ残った葱《ねぎ》一束を、板の間の隅に置いた。

「ほんのお礼の気持ちだ。じゃあ、あっしはこれで」

おたつにもう一度頭を下げると、今度は俯いている女の耳もとに、

「あっしが出来ることはここまでだ。このおたつさんは口は悪いが情のあついお人だ。腹を割って相談すれば、きっと手助けしてくれる」

おたつを横目に、諭すようにぼそぼそ言った。すると、

「余計なことを言ってんじゃないよ。あたしに人助けなんて出来る訳がないよ。一晩ここに泊めるだけ、さあ、お前さんは、帰った帰った」

弥之助を追い出して、まずは葱の束を取り上げ、

「ふん、葱一束かい……」

じろりと女に視線を移すと、

「何そこで突っ立ってんだよ、お上がりよ。こっちが落ち着かないじゃないか」

厳しい口調で女に言った。

「さあ、食べなさい。今夜のご飯は、この餅菓子だけど、腹の足しにはなる」

おたつは、女の向かい側に座ると、竹皮に包んだ餅菓子を二人の間に置いた。竹皮の中には六個ほどの餅菓子が見える。

「……」

女はそれに視線をちらっと向けたが、また膝前を睨《にら》んで座っている。

──まったく……。

好きにすればいいやと思いながら、おたつはお茶を淹れ、女の前にもお茶を置いてやる。

「食べたくなけりゃあ食べなくてもいい、飲みたくなけりゃあ飲まなくてもいい、ただ、そんな事を続けていると、人間は死んでしまうんだから……この家では死なないでおくれよ」

おたつは言いながら、餅菓子を摑んで、ぱくぱく食べ始めた。

だが女は、うんともすんとも言わないで、じっとしている。

行灯の明かりでよくよく眺めてみると、女の顔立ちは細面で鼻筋が通り、形の良い唇をぎゅっと引きしめている。

身につけている着物は絹地の上物で、花色の地に裾《すそ》に草花の文様をあしらった上品な柄で、帯は濃き茶色の織物をお太鼓に結んでいる。

全体を包む風情は、おたつには好ましいものだった。

——これだけの物を着る事ができるのは、商人の女房といえども、大店《おおだな》の女房に違いない。

おたつは、素早く女の素性を憶測し、餅菓子を食べ終えると、

「食べないのかい……」

女の顔を覗いた。

女は、ちらとおたつを見たようだが、声は出さずにこくりと頷く。

「じゃあ仕舞うよ」

さっさと餅菓子を竹皮に包み込むと、それを水屋の棚に置き、女の前に戻って来ると、またそこに座って言った。

「世の中にはね、死にたいほど悩んでいる人は、あんただけじゃないよ。大勢いるんだ。だけど皆死なずに頑張ってる。悔しいことや、悩みや苦しいことがいっぱいあっても、貧乏でその日暮らしをしていても、そう簡単には死ねないんだよ。みんなこの世にしがらみがあるからね」

じっと女の顔を、おたつは見る。

女は相変わらず俯いている。

やれやれというような顔で、おたつは話を続けた。

「自分が死んだら悲しむ人がいる。そう思うと死ねないさね。そのうちに、例えば誰かに優しい言葉を掛けられたとか、綺麗に咲いてる花を見たとか、小魚が必死に泳いでいるところを目にしたとか……そんなちっぽけな事に心を動かされる自分がいてさ、はっと気付くんだよ、これは生きているからこそだってね……」

おたつはまた女の顔を覗くが、女は顔を上げることはない。

おたつは、舌打ちした。そして言った。

「見たところ、あんたは食うに困るような暮らしをしてきた訳ではないだろ……そんな結構な着物を着てさ、たいがいの望みは叶う暮らしをしてきたんじゃないのかい」

女は、この時はじめて、押し込めていたものを吐き出すように息をついた。

おたつは、それを見て、更に話を継いだ。

「確かに、どんなに富に恵まれた暮らしをしていても、人間には不満がつきまとう、満足することはないだろうさ。だけど考えてもみな、あんたをここに連れて来た男は弥之助っていうんだけど、毎日あたしに烏金を借りに来て、それで商いをして、やっとこさっとこ食べていってる男なんだ。長屋の者は、みんな似たりよったり……そんな連中から比べれば、あんたの暮らしは月とすっぽんほどの上等なものだった……違うかい?」

女は、ふっと何かを言いたそうな顔を上げたが、また黙りこくって俯いた。

「貧しい連中はね、毎日、腹いっぱい食べられたら、それで上等じゃないかと思っているんだ。腹さえいっぱいなら、他の苦労なんてものは我慢できる、辛抱できると思っているんだ……。長屋の者たちは、金などないのが当たり前、欲を言わず、不満を蹴散らして暮らしてる。まあ、そんな暮らしをしている者は、この長屋の人間だけじゃない、この江戸にはごまんといるんだけどさ」

「……」

「それをなんだい……」

おたつは、厳しい目を、萎縮《いしゅく》したように座っている女に走らせた。

「どんな苦しいことがあったかしらないけどね、あんたのような身分の人が、川に身を投げようなんて事するのかね……あたしの目には、あんたは、自分の意地を通すため、わがままで身を投げようとしたとしか思えないね！」

女は膝を、ぴくっと動かした。だが、顔を上げて反論することはなかった。

「まあいい……好きにするがいいさ。でもなんだね、いくら人に話したくないと言ってもさ、一晩厄介になるというのに、名も名乗らないとは呆《あき》れたね。いったい、どういう育ち方をしたのやら、母親の顔がみたいもんだ」

すると女は、はっと顔を上げて、

「おちよといいます」

小さな声で告げた。

おたつは、そうかいっというような顔で頷くと、

「あたしゃこれから帳面を付けなきゃならないんだから、あんたは、ああ、おちよさんだったたね、おちよさんは隣の部屋で休んでおくれ。こっちにいられたら、あたしも気が散って仕事にならないから」

おたつは、よっこらしょっと立ち上がると、隣室の六畳の畳の部屋におちよの布団を用意した。

「これは万が一の客用の布団だから気兼ねはいらないよ。まあね、こうして布団ひとつとってみても、お客用の布団を揃えられるのは、この長屋ではあたしぐらいのものなんだ……みんなせんべい布団を取り合うようにして寝ているんだ。そんな事もあんたには分からないんだろうね」

独りごちながら、自分の薄い布団を、こっちの部屋に運んでくる。

「この長屋の間取りだって、皆の長屋は九尺二間と決まってる。たまたまあたしは、こうして少し広い長屋に住んでるけどね」

おたつは、家の中を見渡した。

おたつが住む長屋は、土間が一畳、竈《かまど》や水瓶《みずがめ》や流しがある所が一畳、上がり框か

ら台所までの板の間が二畳、そしてその板の間に続く畳を敷いた部屋が四畳、それに押し入れ付きの畳の六畳の部屋がついている。

長屋にしては恵まれていて、誰もがこれだけの部屋のある長屋を借りるという訳にはいかないのだ。

おたつは長屋の暮らしをそれとなく伝えながら、おちよを隣の部屋に追いやった。

三

ときが吠える。朝を告げるときの声だ。

おたつは、はっとなって身を起こした。

おちよとかいう女を泊めたばかりに、昨夜はまんじりともしない夜を過ごし、朝方になってやっと寝付けたと思ったのに、もうときの鳴き声にたたき起こされたのだ。

「おたつさん、おたつさん」

戸口で女の声がする。鋳掛け屋の女房でおこんの声だった。

「おこんさん、おたつさんは起きてるよ。おこんさんのあとは、あっしの番だ、急いで頼むよ」

と戸口で釘をさしているのは、弥之助だと分かった。

「今開けるよ」

おたつは、眠気眼《ねぼけまなこ》で土間に下りた。そして、つっかい棒を外すと、

「聞いておくれよ、おたつさん」

おこんが、憤懣《ふんまん》やるかたないといった顔で、土間の中に飛び込んで来た。だが、

「あれ、起きたところだったんだね。悪いね、おたつさん」

おこんは、部屋の中にまだ敷きっぱなしになっている布団に気がついたらしく、申し訳なさそうな顔をすると、上がり框に腰を下ろした。

おこんは今年で四十の坂を越えた女だが、子が生まれなかったせいか、余所の同じ年頃の女たちより、ずっと若く見える。

亭主が鋳掛け屋では、たいした金にはならないから、おこんも米沢町の口入れ屋の仕事を貰って暮らしを支えている。

働き者で苦労人だが、気性が激しく、亭主と丁々発止《ちょうちょうはっし》の喧嘩が絶えない。何にお

いても亭主に負けじとつっかかるから、いつも騒ぎが大きくなる。

「また、喧嘩をしたのかい」

おたつは、奥の部屋を気にしながら訊いた。

奥の部屋がやけに静かで気になるが、放っておくしか仕方がない。直《す》ぐにおこんに顔を戻すと、

「そうなんですよ。もう少し要領よく町筋を回れば客もつくのじゃないかと思うんだけど、あの人は、新しい所を回る勇気がないんです。鋳掛け屋にも縄張りがあるとかなんとか屁理屈並べて……そんな事があるもんかって、いつまであたしに苦労を掛けるんだって、昨日の売り上げを出させて勘定してみたら、なんと稼いだ金はたったの二百五十文……」

はあっと、おこんは大げさに溜息《ためいき》をついた。

「稼げない日もあるさ」

おたつは慰める。

「おたつさん、日もある、なんてものじゃないのよ。このところ毎日なんですよ。それでね、あたし、あんたの触れ歩きが悪いんじゃないのって言ってやったんです

よ。だってうちの亭主は蚊の鳴くような声だろ、それじゃあお客は寄ってきてくれないんだから」

そう言うとおこんは、亭主の弱々しい声真似で、

「イカケヤー、イカケ……イカケヤー、イカケ」

呼び声を張り上げてから、

「こんな調子だからね、お客が声を掛けてくれる筈がないだろって、大喧嘩になったんですよ」

怒りも露《あら》わのおこんである。

「分かるよ、おこんさんの気持ち、あんたも苦労をしているんだ。だがね、あんたたち二人は、互いに惚れ合って一緒になったらしいじゃないか」

「おたつさん……」

おこんは苦笑する。

「あたしは、佐平治さんから聞いたよ、二人のなれそめを……」

おこんは、辛《つら》そうな顔で俯いた。

「だからもう少し辛抱してみてはどうだろうね。なに、金がいるのなら貸してあげ

るから」

「本当ですか……」

おこんは、ぱっと晴れた顔になり、

「すみません、実は鋳掛けの道具が壊れちまってさ……」

「そんな事だろうと思ったよ、で、幾ら必要なんだ？」

「少し残していたお金もあるし、六百文ほど足りないんですよ」

「六百文だね」

「ええ、それでね。あと三日もすれば、あたしも今の仕事の手間賃を貰えますから、それで返済させていただきたいんです」

「一日延ばせば利子が増える、それを忘れないようにしておくれよ。何度も言うが、約束を破った日には、二度と融通はできないからね」

おたつは苦言を並べながら、六百文をおこんの手に渡した。

「恩に着ます」

おこんは、頭を下げると家に飛んで帰って行った。

次には弥之助が入って来た。

弥之助は今日は烏金のことより、おちよの様子が気になるらしく、小さな声で様子を訊くと、昨日と同じく五百文の精算をして、再びおたつから金を借り、

「頼みます」

奥の部屋を顎でしゃくって急いで仕入れに走って行った。

「ふう……」

やれやれだと大きく息を吐いて立ち上がると、なんと今度は大家の庄兵衛が入って来た。

「なんだい……烏金でもあるまいに、あたしはこれからご飯を炊かなきゃならないんですよ」

腰を上げかけたが、

「おたつさん、念を入れておくが、黙ってよそ者を泊めてもらっちゃあ困りますよ」

庄兵衛は難しい顔で上がり框に腰を据えた。

「おや、なんの話でございますか」

おたつは立ち上がりかけた膝をついたまま、庄兵衛の顔を見返した。

「私の耳は地獄耳だってことを忘れたんですか、おたつさん」

庄兵衛は大家然としておたつを睨むと、煙管を取り出して煙草を一服つけた。

「なにしろ近頃では世の中物騒になっていますからね、お上もうるさいんです。それなのに、この江戸は物見遊山《ものみゆさん》の者が増えて、それはいいのだが、宿に泊まれずあふれ出た人間を、自分の長屋に泊めて稼ごうっていう輩《やから》が増えたんです。そうなると、金をとられた、女房を手込めにされた、はたまたあろうことか、宿主が一夜の女まで世話しているなどという問題まで起きている。ですから、長屋に人を泊める時には、きちんと大家の許可をとらなくてはならない、そういうお触れがお奉行所から出ているんです」

じろりと部屋の奥を庄兵衛は見渡した。

「まったく、あんたって人は……」

おたつは、すばやくたばこ盆を庄兵衛の側に寄せてやると、

「誰の口から聞いたか知りませんが、確かに一人泊めています。ですが、それは私の昔の知り合いの娘でね。今日大家さんに届けようと思っていたところですよ」

しらっとおたつは言い返した。

「まっ、それなら結構……じゃあ今ここで、その人の名を聞いておきましょう」

「ふん、後で聞いてない、忘れた、なんて言わないでおくれよ。あんたはあたしと同じような年頃だけど、近頃ぼけが酷いんだから……」

「よく言うよ、それで？……名前は？」

庄兵衛は、たばこ盆に、煙管の灰をぽんぽんと打ちつけると、おたつの顔を見た。

「名前は、おちよ。歳は三十歳。何日も泊める訳じゃない、今日明日には帰すから、これで文句はないだろ……」

庄兵衛は、ふうっと息をつくと、

「ではまた」

よっこらしよっと腰を上げて帰って行った。

「まったく……」

おたつは立ち上がると、台所で米びつから米をすくい上げ、へっついに入れた。米を洗って竈に掛け、ご飯を炊くためだ。

しかし、なんという事もないこんな台所仕事も、一人暮らしで、しかも歳を取ると億劫になって来るものだと、おたつはつくづく思うようになっている。

やれやれと思いながら、薪に火をつけようとしたところで、

「！……」

おたつは、物音に気付いて振り返った。

奥の戸が開き、おちよが出て来て両手を突いた。

「ご迷惑をおかけしました」

乱れた髪が青白い頬に落ちている。おちよは顔を上げて初めておたつの顔をまっすぐに見た。

おたつは、はっとした。意外に芯のある女じゃないかと思ったのだ。

「あの……」

言いかけたおちよの次の言葉を遮るように、おたつは言った。

「丁度良かった、今からご飯を炊くところだったんだ、手伝っておくれ」

「さあ、お食べ、何をするにしても、まずは腹ごしらえしなくちゃね」

おたつは、膳《ぜん》の上の食事を、おちよに勧めた。

お菜は味噌汁にちりめんじゃこがひとつかみ、それに大根の漬け物、さして珍し

いものではないが、炊きたてのご飯が光って見えて、おたつなどには、それだけでごちそうだ。

しかも意外なことに、おちよはご飯を炊くのも、葱を切る包丁捌《さば》きも見事で、味噌汁の味も申し分なく、台所仕事をてきぱきと手際よくこなしたのには、おたつも驚いていた。

「遠慮はなしだ。これはほとんどあんたが作ってくれたんだからね」

おたつは、嬉しそうに言った。いや実際嬉しかった。

「ありがとうございます」

おちよは微笑《ほほえ》んで箸を取った。一口食べて、

「おたつさん……」

おちよは何か言い出そうとしたが、口ごもる。

「いいんだよ、なんにも言わなくても、しっかり食べて、まずは元気を出すんだ」

おたつは言った。

おちよは小さく頷くと、茶碗を取った。

だが、あつあつのご飯を口に入れたところで、

「うっ……」

箸を置いて両手で顔を覆った。

思い詰めていたものが涙となって溢《あふ》れ出てきたようだ。

おたつは箸を膳に戻すと、じっとおちよが泣き終わるのを見守った。

「すみません。私、生みの親の顔も知らずに育ったんです。もしも母がいて……え、母がいて……」

おちよは一瞬言葉を詰まらせたのち、

「こうしてご飯の準備を一緒にして、お膳を並べて食べることが出来たなら、私、死のうなんて考えなかったかもしれないって、そう思って……」

おちよは涙を拭《ぬぐ》うと、そう言った。

「そうかい、母親の顔を知らないのかい……」

おたつは、ちよっぴり驚いた。一見何不自由なく暮らしてきた人だと見ていたからだ。

「何の苦労もないように見えていたんだけどね、そうかい……確かにこの世に、何の苦労もない人などいる筈がない。皆何か抱えている。おちよさん、こんな婆さんじゃ、たいして役にもたたないかもしれないけど、話を聞くことぐらいは出来る。こうしてお前さんとご飯を食べるようになったのも何かの縁があったんだ。あんたの話、あんたさえよければ、聞かしてもらおうじゃないか。辛いことは人にしゃべっちまえば気が楽になるっていうからね」

おたつは、おちよの顔を見た。

おちよは小さく頷いた。そして、ゆっくりと顔を上げると、

「私、生まれてまもなく、里子に出されたんです。母親はお武家のお屋敷に奉公していた下女だったというのですが、定かではありません。母親が奉公していたお屋敷も知りませんし、母親の名も里親は教えてくれませんでしたから」

「里親は……どこの誰なんだい」

「深川の材木町で植木屋の親方をしていた善兵衛《ぜんべえ》という人でした。養母はおつねという人でした。でももう今は、二人ともこの世の人ではありませんから」

「亡くなったのかい」

「ええ」

「深川の植木屋にねえ……今もその植木屋はあるのかい」

おたつは頭の中に材木町の景色を巡らしてみるが、植木屋など思い出せなかった。

おたつは、体をねじって茶器を引き寄せる。

「いいえ、もう随分前に土地も家も人の手に渡って、今は材木置き場になっているって聞いています」

おたつは、それを聞いて納得した。頷いておちよを見ると、おちよは、何かから解き放たれたように語り始めた。

「私が植木屋の家に里子に出されたのは、養父母に当時子供がいなかったからだと聞いています……」

ただ、幼児の頃の暮らしで覚えている事はほとんど無いが、物心ついた頃に、養父の善兵衛が五、六人の職人を抱えていたことは記憶にあるのだとおちよは言った。

御府内の植木屋といえば、例えば樹木専門の植木屋もあるし、庭造りが専門の植木屋もあり、また盆栽などの鉢物専門の植木屋もある。

善兵衛は庭造り専門で、そのために自宅の裏の土地に苗木や花なども育てていた。

松や竹や、梅や桜や、ありとあらゆる木が植わっていた。

その苗木の畑を、おちよは飼い犬と走り回ったことを覚えている。

おちよの幼い頃の記憶の中では、その頃の事が一番幸せな時だった。

養父母を実の父母と信じていた頃で、自分が里子として貰われてきたなどと露思っていなかった頃のことだ。

養母のおつねは異様に行儀作法にうるさい人で、おちよは良く叱られたり叩かれたりして泣いていたが、それもこれも本当に自分の行いが悪いのだろうと受け止めていた。

一方養父の善兵衛は、おちよを叱ることはなかった。

厳しくおつねに叱られたおちよを側《そば》に呼んで、植木の話などをしてくれたものだ。

そんな折、おちよは子供心にも大人になったら、この植木屋を継いでいくのかなと、善兵衛の話を熱心に聞いていた。

ところが、もう子は出来ぬと諦めていた養父母に女の子が出来た。

当時おちよは七歳になっていたが、その日を境に養父母の態度が急変していくのが分かった。

――この先自分はどうなっていくのだろうか……。

心の中で不安と恐怖を募らせていったのだった。

やがておちよは、あからさまに養父母から疎《うと》まれるようになっていく。

同じ部屋で両親と川の字になって寝ていたのが、おちよだけ別の部屋に移された。おつねの説明では、もうおまえは大きくなったんだから、という事だったが、移された部屋は、飯炊き婆さんの部屋だったのだ。

飯炊き婆さんの名は、おむら。身寄りのない人で、植木屋に住み込み、飯炊きをしていた人だが、おちよが毎夜しくしく泣くのを見かねてか、おむらはおちよを胸に抱き、おちよの頰に落ちる涙を、黙って拭《ふ》いてくれるのだった。

「おむらさんの手は、ささくれだって、ざらざらしていて……」

おちよはそこまで話すと、当時を思い出して言葉を詰まらせた。

「まだ子供だ、辛かったんだろうね」

おたつは言い、飲み干した茶碗を手に、小さく頷く。

「ごめんなさい。つい、昔のことを思い出すと涙が出てきてしまって……」

「いいんだよ……」

おたつは言った。

おちよは、寂しげな笑みを浮かべると、話を続けた。

「その頃になると、私も職人さんたちのうわさ話から、私は貰われてきた子供だったんだと知りました。子供心にもその話は得心がいきました。それから私は、自然とおむらさんの仕事を手伝うようになっていました。息を抜けるのは、読み書きを習いに行っている時だけでしたが、里子の私が文字を習えることを、私は有り難く思うようになっていました」

「えらいね、子供なのに……でも確かに、世の中には金のために貰い子をして、金が手に入ったら、余所にやってしまう里親もいるぐらいだから……いや、もっと酷いのになると、里親になって養育の手当を手にした途端、人知れず子供を始末して、また新たに里子を受け入れるって悪人もいる。いつかよみうりに載っていただろ。まあそんな輩に比べたらおまえさんは恵まれていた、そう思うしかないね」

おたつの言葉に、おちよも頷く。

おちよの思いがけない告白は、おたつを少し驚かせたが、それぐらいの話は、この世の中ごろごろしている。

植木屋の里子の身分から下女同然となったおちよが、どうしてまた大店の女房と思える身分になってここにいるのか、おちよの話が肝心な所にさしかかったその時、

「おたつさん、いるかい」

長屋の奥に住む、目明の徳三が入って来た。

徳三は、頭を丸め、茶色の着物に薄手の袖無し羽織を着て、盲目の坊主のなりをしているが、実は目は至って健康だ。

おたつなんかよりずっとよく見えるから、長屋の表で会った時など、

「おたつさん！」

なんて陽気に手を振ったりするのだが、稼業があんまなもので、長屋の外に一歩出ると、杖を頼りに笛を「ぴー」なんて吹いて歩いている。

いかがわしいあんまだが、結構客もついているようだから、つつましく暮らせば日々困ることはない筈だ。

ところが、好色家で岡場所通いが激しすぎる嫌いがある。

金のない時には、夜鷹《よたか》まで相手にしているようだから、長屋では鼻つまみ者だ。

「どうしたのさ、金のことかい」

おたつは徳三に訊いた。同時におちよに、腰の辺りで――あっちに行け――と手を振った。

おちよを奥の部屋に追いやったのだ。

その様子を見た徳三の口元がにやりと笑っている。

徳三の目は、奥の部屋に入って行くおちよをめざとく捉《とら》えたのだった。

だが徳三は、すぐにおたつに視線を向けると、

「すまねえ、また、頼むよ、明日には耳を揃えて持ってくるから」

揉み手頼みの徳三に、

「約束は守っておくれよ。それと、ひとつ言っておくが、あたしの客人に変な目を遣わないでおくれ。何かあったら、あたしゃあんたを、生かしちゃおかないからね」

厳しい顔できっと睨む。

「おたつさん、分かってるって、怖いよ、その目」

徳三は苦笑すると、ぺこりと頭を下げて出て行った。

四

一刻後、おたつは両国橋西袂の水茶屋で、煙草を一服つけていた。

かねてより期限を切っていた利子の受け取りに、回向院《えこういん》近辺の小さな店を回ってきたところである。

金貸し稼業に休みはない。日にちを切ったこの商いは、必ずその日に出向かなければ、相手も
「金は用意して待っていたが、おたつさんが来ないから余所に回したよ」

などと、うそぶいて返済に応じないのだ。

そんな事を言われた日には、おたつだって黙ってはいないのだが、正直余計な争いはしたくない。

ただでさえ世間では、青茶婆は阿漕《あこぎ》だ、非人間だなどという風評があり、おたつのような金貸しは後ろ指を差されている。

だからおたつは、雨が降っても風が吹いても、約束していた日に、きっちりと取り立てに行く。

今日も徳三が帰ってから、しばらくおちよから話の続きを聞いていたのだが、利子回収が気になって、昼前四ツに長屋を出た。

そして先ほど八ツの鐘を聞いたところで、ようやく今日の仕事を終えたのだった。

――はて……。

おたつは迷っているのだった。

徳三が帰った後に、おちよから聞いた話が気になっていた。それで、これからある所に出向いて行くか行くまいかと思案しているところであった。

おちよの話とは、里親の家で下女同然に暮らさなければならなくなったその後の事だった。

里親夫婦が娘を溺愛《できあい》する姿を見るにつけ、おちよは自分がよそ者で、この植木屋にはいらない人間だと思うようになっていったのだと言う。

ところが、おちよが十五歳になった時だ。

養父母の娘が疱瘡《ほうそう》であっという間に亡くなった。

看病していた養母は半狂乱になって、

「お前が死ねば良かったんだ！」

かりにも養母だった人とは思えない言葉をおちよに向かって毒づいた。

だが養母もまもなく疱瘡に罹患《りかん》し、娘の後を追うように亡くなったのだ。

養父の落胆や嘆きは尋常ではなかった。

とはいえ、請け負っている仕事を放り出すことも出来ない養父は、哀しみを抱えたまま仕事に出ていた。

そんなある日、養父は仕事先の屋敷の庭で、剪定《せんてい》していた松の木の枝から落下して急死したのだ。

すると、すぐに借金取りが押し寄せて来て、土地も家も奪われたのだ。

弟子たちも、あっという間に散り散りになり、おちよも自分の身過ぎ世過ぎのために、日本橋にある料理屋に奉公する事を決めたのだった。

そして、年老いたおむらも一緒に住み込むことを料理屋の女将《おかみ》に頼んでみたが、女将は言下に拒否したのだった。

――おむらを置いては行けない……。

おちよは悩んだ。

その様子を知ったおむらは、おちよが出かけている間に、隣家の者に、生まれ故郷に帰るという伝言を残して、いなくなってしまったのだ。

おむらに身を寄せる故郷なんてある筈がないではないか。

おちよはしばらく、あちらこちらを捜してみたが、おむらの行方は杳《よう》として分からなかった。

――とうとうひとりぼっちになってしまった……。

一人取り残されたような気持ちに襲われたおちよだったが、

――私を生んでくれた母に会いたい。

しっかり生きて一目会いたい。

その一念で気持ちを奮い立たせ、おちよは奉公先の店に住み込んだのだった。

それから十年、おちよは帳簿付けも出来たことから、女将に重宝されて仲居頭になっていた。

そんなある日、おちよは客としてやって来た、神田の醬油問屋『丹波屋《たんばや》』の主、七兵衛《しちべえ》に見初《みそ》められたのだ。

おちよなら、店を一緒に切り盛りしてくれる、七兵衛はそう思ったらしく、女将の口添えもあって、まもなくおちよは丹波屋の内儀《ないぎ》におさまった。

ところがその七兵衛が、岡場所の女に入れあげて、一月前には腹に子がいると女から告白されたと言い、七兵衛は女を身請けして町屋に住まわせたのだった。

おちよが衝撃を受けたのは言うまでもない。

そのおちよを、更に追い詰めたのは、手代の仙之助《せんのすけ》との不義を疑われたことにある。

夫が妾《めかけ》を囲った事で鬱々《うつうつ》としていたおちよは、近頃激しい腹痛に襲われていた。

一昨日も息を殺して自室で苦しんでいるところに、手代の仙之助が飛び込んできた。

「おかみさん、すぐにお医者を呼んで来ます」

仙之助は急いで部屋を出て行こうとしたのだが、

「いいのです。分かっています、なぜ痛むのか……しばらく我慢をすればおさまりますから……」

おちよは苦しい息を吐きながら、医者を呼ぶのを止めたのだ。実際おちよの腹痛は、このところ精神の不安が募ると起きていた。腹痛の原因がなんなのか、おちよには分かっていた。医者を呼んでも、痛みは取れないと考えていた。

「しっかりして下さい、おいたわしい……」

仙之助は心底心配して、懸命におちよの背中を撫でて介抱してくれたのだ。

おちよは、嬉しかった。

女に子が生まれれば、自分の居場所はここにはないのではないかと不安を募らせていたからだ。

その不安は、遠い昔、里親に娘が生まれて、次第に自分が疎んじられていった、あの頃と重なっていたのである。

心細さを募らせるおちよに、奉公人とはいえ仙之助が気遣ってくれることは、おちよにとっては心強いことだった。

おちよは、痛みを和らげるために、仙之助に手伝ってもらって帯を緩めた。

その時だった。番頭がやって来て、

「お前は何をしているのだ！」

仙之助を叱りつけたのだ。

「番頭さん、勘違いしないで下さい。仙之助は、私の腹痛を見るに見かねて……」

おちよが弁明した。だが、

「それならすぐに、医者を呼べばよかったではありませんか」

頑として番頭は疑いの目を解くことはなく、外出していた夫が帰宅すると、早速二人がよからぬ関係ではないかと告げ口をしたのだった。

夫の七兵衛は、番頭の話を信じた。

七兵衛の怒りは尋常なものではなかった。身を震わせ、眼を血走らせておちよを責めた。

――このままでは本当に不義者としてお奉行所に突き出される。そうなれば、命だって危なくなる。

危険を感じたおちよは、

「お前だけでもお逃げ！」

夜が明けるのを待って仙之助を店から逃がし、そして自身も家を出て来たのだというのであった。

身を投げようとしたのは、

「この先のことを考えているうちに、もう生きていくのが面倒くさくなったんです」

おちよは話し終えると、寂しげな笑みを浮かべたのだった。

「分かった。行くところがないのなら、落ち着き先が決まるまで、しばらくここに居ればいいんだから」

おたつはおちよにそう告げて長屋を出て来た。

とはいえおたつは、利子の回収に廻りながら、おちよの話を全て信じきれない自分がいるのを感じていた。

万が一、これは疑い過ぎかもしれないが、何か悪いことにおちよが手を染めていたなどという話になると、その者を匿《かくま》った自分まで罰せられる。

真実を知っておいた方が良い。おちよをしばらく匿うとなればなおさらだ。

おたつはずっと逡巡《しゅんじゅん》し、心を決めかねていたのである。だが、

——この目で確かめてみるか……。

おたつは、お茶代を置いて水茶屋を出た。

おちよがつい先日出て来た醤油問屋丹波屋は、亀井町にあった。

この亀井町は、神田堀を挟んで町が広がっていて、物資はこの堀を利用して荷揚げされ、運ばれていく。

丹波屋も左片側は堀に繋《つな》がっていて、荷揚げされた醤油の大樽《おおだる》は、すぐに蔵に運ばれる。白壁の頑健な蔵が建つ好立地に丹波屋はあった。

店の表はというと、こちらにもこれから出荷する樽が積み上げられて、丹波屋の繁盛を物語っていた。

たった今、空き樽を積んだ大八車《だいはちぐるま》が店の前にやって来ると、それっとばかりに店の中から丁稚《でっち》が三人走り出てきて、まるで競い合うように樽を次々と下ろしては「三つ！」とか「四つ！」とか、大声を上げて数えていく。

店の中を覗くと、こちらの土間にも醤油樽が積み上げられていて、手代が樽の前で大福帳を手に、数を点検している姿が見えた。

「ごめんよ」

おたつが、のっそりと入って行くと、

「いらっしゃいませ。どちらさまでいらっしゃいますか」

手代が出て来て腰を折る。

「どちらさまっていう程の者じゃありませんけどね。あたしはおたつという者ですが、おかみさんの、おちよさんに会いたくて参りました」

さも旧知の仲のように告げた。

「おかみさんの……」

手代の顔は狼狽《ろうばい》の色に染まった。

「いるんでしょ、ちょっと呼んでくれませんか」

おたつは、しらっとした顔で言う。

「ちょ、ちょっとお待ち下さい」

手代は大慌てで奥に飛んでいった。

――なるほどね……おちよさんの話に嘘はなかったということか……。

おたつは、上がり框に腰を据えると、店の中を見渡した。

右の土間にも左の土間にも、醬油樽が積みかさねられている。店の中全体が、醬油の香ばしいかおりに包まれていて、思いがけなくおたつの腹の虫が鳴った。

おたつは巾着から煙草と煙管を取り出すと、遠くに置いてあるたばこ盆を引き寄せて一服つけた。

見た事もない初老の女がやって来て、まるで常連客のように煙草を吹かす。

出入り口にいた帳面片手の手代は、この老女は何者か、というような顔で、ちらりちらりとおたつに視線を投げてくる。

――ふん……。

おたつは、思い切り吸い込んだ。

「ごほ、ごほ、ごほ！」

大福帳を手にした手代が、こちらを見て笑っている。

――なんだよ……。

おたつが睨み返したその時だった。

先ほどの手代が、番頭らしき男を連れて出て来、

「こちらの方です」

おたつの方に手を差し出した。

「手代から聞きましたが、おかみさんにご用があるとか、何のご用でございますか」

番頭はおたつの前に立ち、腰を低くすると慇懃《いんぎん》に言った。

「何のご用？……そんな事、いちいち言わなけりゃあ、この店では、おかみさんに会わせてもらえないってことかい」

おたつは、じろりと見て言った。

「いえ、そういう訳ではございませんが、おかみさんはお出かけでございまして」

「おや、どちらへ……」

「はい、お伊勢参りでございます」

番頭は申し訳なさそうに言った。側で見ている手代の顔は、はらはら顔だ。

「おかしいですね、そんな話聞いてませんよ。おちよさんは近頃胃の腑が痛くて苦しいって言っていたんですよ。そんな人がお伊勢参りに行きますか」

ぎろりと番頭の顔を見る。

「と、とにかく、しばらくここには帰ってまいりませんから、ご用があれば私が伺っておきましょう」

「冗談じゃ無い」

おたつは、ぽんっと威勢良く、たばこ盆に灰を落とすと、

「大口の取引の話を持ってきたというのに、あたしゃ、お前さんの顔など初めてだもの。そんな人に大事な話は出来ないでしょ。よそに廻すことにするよ」

よっこらしょっと立ち上がった。

「お待ち下さい、私はこの店の番頭で富蔵《とみぞう》と申します。私が責任を持って伺います」

「番頭さんじゃ駄目だね、私はおちよさんに頼みたいんだよ……そうだ、醬油の話はおいといて、旦那はいないのかい……」

店の奥を探すように視線を送る。

「申し訳ございません、主も出かけておりまして……」

「妾のとこかい？」

「な、何をおっしゃるんですか」

富蔵の顔色が変わった。

だがおたつは、富蔵の顔色が変わるのを楽しむように、

「そうだ、仙之助さんはいるかい……仙之助さんなら私も顔見知りさね」

にこっとしてほこ先を変えたおたつに、番頭の富蔵はぎょっとし、うろたえた顔で言った。

「仙之助には暇を出しました。今は何処にいるのやら分かりません」

「へえー、暇を……いい手代さんだったのにね。そうですか、分かりました、それじゃあご縁が無かったということで……」

おたつは、唖然として見送る番頭を背に、店を出た。

背後に鋭い視線を感じたが、おたつは振り向きもしなかった。

五

おたつは丹波屋を出たのち、いったん長屋に向かったが、踵を返して汐見橋東袂の居酒屋『おかめ』に向かった。

岩五郎《いわごろう》という男に会いに行ったのだ。つい先頃まで岩五郎は居酒屋を女房のおしなに任せて、自分は北町の定町廻りの同心で深谷《ふかや》という人の手下（岡っ引）をやっていた者だ。

だが、捕り物から手を引いて以降、おしなを手伝って店で働いていると聞いている。

「まあ、これはこれはお珍しい。お変わりなくお過ごしでございましたか、多津《たづ》さま」

店に入ると、奥からおしなが飛んで出て来て、おたつを出迎えた。多津という名はおたつの昔の名前だった。

店の中は、ほぼ客で埋まっている。おたつは、その客たちに視線をちらりと投げた後、

「おしなさん」

口に人差し指を当てて、おしなをたしなめた。

「すみません、うっかりしていました」

おしなは、肩を竦《すく》めて謝った。そしてすぐに引き返すと、板場に声を掛けた。

「お前さん、おたつさんがお見えだよ」

「これは、どうも……」

すぐに五十過ぎの男が、前垂れで手を拭きながら出て来、おたつに頭を下げた。

「すみません、あいつはおっちょこちょいなもんで、つい……」

皺《しわ》が深く、日に焼けた顔つきの男が人なつっこい笑顔を見せる。この男が岩五郎といって、長年腕利きの岡っ引として江戸の町を走り廻っていたなどと、誰が想像できるだろうか。

「随分繁盛しているじゃないか」

おたつは店の中を見回した。

「お陰様で……深谷さまがご病気になってお役を解かれたのを潮に、あっしも十手をお返しし、店を手伝って女房孝行しようと意気込んでいたんですがね、まごまごするばかりで、女房には叱られてばかりでございやす」

岩五郎は苦笑した。だが直ぐに真顔になって、店の奥をおたつに示した。

板場の奥には小部屋がある。岩五郎は、そこにおたつを誘ったのだ。

「いえね、今日は岩さんにもうひとつ、調べてほしいことがあってやってきたんだよ」

おたつは、おしなが運んで来たお茶を一口飲むと、茶碗を下に置いて岩五郎を見た。

「吉次朗さん探しの話じゃねえんで……」

岩五郎も茶碗を置いて見返す。

「岩五郎さんは亀井町にある醬油問屋の丹波屋っていう店を知っていますか」

「へい、うちもあそこで買っていますからね。といっても、この店で使う醬油はしれていますが」

「そうですか、それならば話が早い」

「何を調べろとおっしゃるんで……あの店は先代が亡くなったあと、しばらく店は閉めていたんです。それを、北町奉行所が、あれだけの店をそのまま放っておいてはいけないっていうので、再び店を開けるように手助けしたんだと聞いています」

「へえ、そんな事があったんですか」

「へい、ですから、新しい主になってから、まだ十年、いや、六、七年ぐらいじゃないかな……」

岩五郎の話によれば、店の創始者で先代の七兵衛という人は上方の丹波から出て来た人で、名を七兵衛と言った。

単身江戸に乗り込んできて、あの亀井町にあった古い店を買い取り、立派に建て替え、醬油問屋としたようだ。

最初は下りものの醬油ばかりを扱っていたようだが、近年では地回りの濃い口が人気だというので、広くあちらこちらの江戸近郊で作っている醬油を自分の足と舌で確かめて集め、それを販売するようになった事で成功した、いわば立志伝中の人といっていい。

ただ、商いに没頭するあまり、妻子を持たぬまま流行病で亡くなってしまったのだ。

それで、北町奉行所が奉公人たちを説き伏せて、在所《ざいしょ》の丹波から甥《おい》を呼び寄せた。それが今の主で、二代目の七兵衛だと、岩五郎は説明した。

「あっしが知っているのは、それぐらいの事ですが……」

おたつさんは何を知りたいのかと、話し終えた岩五郎の顔は訊いている。

おたつは頷いたのち、

「その七兵衛の事、今の七兵衛の事だけど、身の回りを調べてみてはくれませんか」

岩五郎の顔を、じっと見た。

「おたつさん、あっしは十手は返していますからね」

岩五郎は腕を組んだ。

「分かっていますよ。岡っ引の時のようになんて無理なことは言いません。岩さんも、この店があるんだ。事情は分かっていますよ。だから買い物に出たついでに噂を拾ってもらえればいいんです」

「何があったんですか、おたつさん。あっしにだけは話していただかないと……」

岩五郎は、怪訝な顔で見返した。

「分かりました。話しましょう。岩さんとは古いつきあいだ」

おたつは頷くと、昨日から匿うことになった、おちよの事を話した。

「今の旦那が別宅に入れた女のこと、手代の仙之助のこと……妙にひっかかる事ばかりで、放っておけなくなったんだよ」

おたつは苦笑した。

「おたつさんらしいや」

岩五郎も笑い、

「分かりやした、やってみやしょう。ただし過度の期待はしないでもらいてえ。十手なしでございやすから」

「分かってますよ岩さん、それと、このこと、おちよさんには内緒でお願いします」

岩五郎は頷いた。そして思い返したように、

「それはそうと、あちらの方は、何か手がかりがございましたか……」

案じ顔で訊いた。

「それが、何もまだ……でも私は諦めてはいませんよ。ですから、そちらも引き続

きお願いします」

おたつは、巾着を持って立ち上がった。

「それにしても、あの多津さまが、今では米沢町の稲荷長屋で青茶婆をやっているとはね」

岩五郎は、くつくつ笑う。

「岩さん、その名は二度と……。昔は昔です。今私は、稲荷長屋で暮らす青茶婆のおたつなんですから」

おたつは強く制して店を出た。

――さて、植木屋についていては、弥之助にでも手伝わせるか……。

夕闇の迫る道を、おたつは長屋に向けて足を踏み出した。


「おやまあ……」

おたつは、我が家に入るなり声を上げた。

「おかえりなさい」

おちよが迎えてくれたばかりか、膳の上には夕食が出来上がっている。

ヒラメの焼き物に、あんかけ豆腐に摺りショウガ、細かく刻んだ大根の漬け物もあり、汁椀も用意されているという事は、味噌汁も用意してあるということだ。

「夕飯を作ってくれたのかい」

おたつは、目を丸くした。

「ええ、弥之助さんにお魚を買ってきて貰ったんです」

余計なことをしてと、おたつに叱られるかもしれないと案じていたおちよは、ほっとした顔で応《こた》える。

「そうかい、弥之助も気がきくじゃないか。まさか駄賃をとられたんじゃないだろうね」

「いいえ、弥之助さんの方から言ってくれたんです。買い物があれば行ってくるって……今日はヒラメの一夜干しが安かったって……」

「ありがたいね、仕事から帰ってくると、食事が出来てるなんて」

おたつは巾着袋を取り出した。

「ヒラメの代金は弥之助に払えばいいのかい？」

おちよは慌てて言った。

「おたつさん、お魚のお代はお支払いしました。私も少しお金は持参しておりますから……それに、お世話を掛けたお礼の気持ちもありますから」

「ごちそうしてくれるのかい」

おたつは、機嫌の良い顔で膳の前に座った。

「漬け物を細かく刻んで食べやすくしてくれるなんて嬉しいね。歳をとると歯が弱くなってね」

おたつは笑った。

「でもおたつさんは、入れ歯なんて無用でしょ」

おちよは、遠慮がちに頬を緩めた。物言いがいつの間にか親しげなものになっている。

「気は付けてきたんだけどね。だって入れ歯といえば柘植《つげ》の木でこしらえてもらうんだろ。口の中に入れて痛くないものかね」

「おたつさん」

おちよは笑った。

昨日幽霊のような顔をして土間に入って来たおちよが、今は顔に笑みを乗せている。

おたつは嬉しかった。この歳になってつくづく、一人で暮らすことの味気なさを感じていたからだ。

「おたつさん、私、どこかに長屋を借りて暮らそうかと考えているんです」

おちよは食事を終えると、おたつの前に座り直して言った。

「もう身投げなんてしないって、約束できるのかい」

「ええ」

小さくおちよは頷く。

「それならいいが、もう店には帰らないつもりなんだね」

「ええ……」

おちよは寂しそうに頷いて、

「不義の疑いまで掛けられて、帰ったところで居場所はありませんから」

そう言うものの、おちよの表情には、まだ何か心に哀しみを抱えているようだ。

心許ないおちよの表情を見て、おたつは考える。

おたつは、おちよの顔をじっと見て尋ねた。

「聞きにくい事を訊くんだが、本当に不義はしていないのだね」

「していません」

おちよはきっぱりと言った。

「ならいいじゃないか、胸を張って帰ればいいんだ」

「でも、私の為に、疑いを掛けられ、濡れ衣を着せられて店を出る羽目になった仙之助に申し訳なくて……私は仙之助の一生を台無しにしてしまいました」

「そうか…で、仙之助って人は、今どこにいるのか分からないんだね」

おたつは、おちよの案じ顔に訊いた。

「はい、仙之助も先代と同じく丹波の人だと聞いています。先代の時代に、この江戸にやって来て、それからずっと奉公していたんです。それを……」

「ふん、とするとあんたの亭主は、番頭の言うことだけを信じて、あんたや手代の言うことは信じられない人なんだね」

「あの人は、あの人は番頭さんが頼りの人なんです」

「おかしいじゃないか。だって自分が主だろ？」

「それが、あの店の主とはいえ、夫は店を継いだ時、醤油のことは何も知らなかったらしいんです。一方で番頭さんは先代の頃からお店の経営に携わってきた人です。手代も大半が先代からの奉公人ですから、夫は何事も、番頭さんはじめ奉公人たちの意を聞いてから行わなければ、馬鹿にされるばかりか、商いがにっちもさっちもいかない、そういう有様でございましたから……」

おたつは頷く。

「夫は一所懸命に勉強していましたし、地回りもして、先代から授かった店を守ろうと頑張っていたんですが……」

「どこでどう間違ったのか、岡場所の女に摑まってしまったということだね」

「ええ」

「しかしそんなに一所懸命だった人が、女房もいるのに、なんでまた岡場所なんかに行ったんだろ」

おたつの頭の中では、仕事に向き合っている七兵衛と、女を別宅に住まわせる七兵衛とが一致しなかった。

「私が、気に入らなかったのかもしれません」

おちよは言った。

「そんな事はお互い様だ。それをなんだい……あんまりじゃないか」

「でも……」

「いいかい、手切れ金だって貰わなくちゃね。このまま黙って引き下がることはないよ」

おたつは、握っていた火箸を灰の中に突き刺した。

六

ここ数日、岩五郎は丹波屋を見張っていた。

主の七兵衛が妾宅《しょうたく》に出向くのを見届けるためだった。

ところが七兵衛は、得意先には二度出かけたが、別宅に出向く気配はなかった。

近隣で噂を拾ってみたが、内儀のおちよが家を出ていることも、七兵衛が外に女を託《かこ》っていることも、まだ知らないようだった。

だが、近くの蕎麦屋に昼を食べに立ち寄ると、

「七兵衛さんは頭の低い人だよ。番頭さんの方が、どちらかというと偉そうな態度

でさ。知らない人が見たら、どっちが主だか分からないよ」

女将はそう言って顔を曇らせた。

「七兵衛という人は先代の甥っ子で、店を存続させるために、わざわざ丹波から呼び寄せられたと聞いている。番頭にしてみれば、主として物足りないところがあるのかもしれねえな」

岩五郎は言った。するとすぐに、

「物足りないなんて、そんな優しいものじゃないと思いますよ」

女将は、辺りを気にするように声を潜めると、

「あの人、番頭さんのことですが、先代が亡くなってまもなくだったと思うけど、ここに手代さんたちを引き連れてやって来てさ、私が店を引き継ぐことになるだろうから、みんな、これまで通りに励んでくれるね、なんて大声張り上げてさ、すっかり主気取りだったんだから……」

「そうか、それじゃあ、自分が跡を取るつもりだったのか」

岩五郎は呆れて訊き返した。

「それって乗っ取りじゃないですか。そんな事が出来るもんかって私は思っていま

したよ。だって、そうでしょ。先代の七兵衛さんが苦労して興した店を、ただで手に入れようなんて、罰当たりだよ。こんな小さな店だって、亭主の父親の、そのまた父親の時代から、一所懸命働いて、ようやくこれまでにしたんだから」

蕎麦屋の女将は言っているうちに怒りがこみ上げてきたようだ。

岩五郎は頷いた。番頭に仕切られている店の中が想像できるというものだ。

「で？……旦那は何故にあの店の事、気になさっているんですか……私、余計なことを言ってしまったかしらね」

女将は今頃そんな事を言った。

「いやいや、実は、あっしの知り合いの娘が、あの店に下働きに行こうかどうしようか迷っていてね、それでどういう店なのか知りたくて」

「まあ、そうだったんですか。だったら、旦那、あそこには通いの女中さんでおねさんて人がいるから、その人に訊いてみれば分かるんじゃないかね」

女将は親切にそう言うと、板場に引き返して行った。

岩五郎は蕎麦屋を出ると、再び丹波屋を見張った。

七ツの鐘が鳴り終えると、四十過ぎの女が店から出て来た。小太りの色の黒い女で、蕎麦屋の女将が話してくれた、通いで台所仕事を任されているおよねだと思った。

岩五郎は、およねの後を尾《つ》けた。店から離れた場所で呼び止める算段だ。いろいろと探っていることが丹波屋の者に知れては、およねが迷惑を被るかもしれないと考えたからだ。

およねは、尾けられている事も知らずに、岩五郎の視線の先で、大きな尻を振りながら歩いて行く。

岩五郎はいつの間にか、周囲に鋭い視線を走らせながら尾けている自分に気付いて、心の中で苦笑した。

北町奉行所の同心で深谷《ふかや》彦太郎《ひこたろう》の手下として十手を懐に、探索に明け暮れた日々は長い。

おしなと一緒になる前からだから、かれこれ三十年にもなる。

――今更抜けきることは出来ねえや……。

思いがけずおたつに頼まれた丹波屋七兵衛の調べだが、ひさびさの緊張感に、岩五郎の血は熱くなっていた。

「もし、およねさんだね」

岩五郎は、およねが馬喰町一丁目に出たところで呼び止めた。

およねは振り返ると、びっくりした顔で岩五郎を見返した。

「すまねえ、ひとつ訊きてえ事があるんだが、旦那のお妾の腹に子が出来たってていう話だが、本当かね」

「困ります」

岩五郎は問いかけながら、素早く小粒を包んだ紙を、およねの手に握らせた。

およねは、その包みを突き返そうとした。だが、

「いいってことよ。ほんの気持ちだけしか入ってねえんだ。それより、噂じゃあ内儀のおちよさんが家を出たって聞きやしてね。あっしの娘が一年前におちよさんに情けを掛けてもらった事がありやして、いったい丹波屋はどうなっているんだろうって心配して、それであっしが出向いて来たって訳なんで……」

「でも……」

およねは困惑顔で岩五郎を見詰めた。

「そうだ、そこのしるこ屋でどうだい……何、手間はとらさねえ。立ち話もなんだ

から……」

岩五郎は、すぐ近くの暖簾に視線を投げた。

およねは、じゃあほんの少しならと頷いた。

「おしるこ屋に入るなんて久しぶりなんです」

およねは店に入って注文すると、悪びれもなくそう言って肩を竦めた。

「じゃあ、あっしの分も食べてくれ」

岩五郎は笑って言うと、およねは嬉しそうに頷くと
「旦那さまのお妾さんに子が出来たっていうのは本当です」

人の目を憚るような視線をあたりに投げたのち、真顔で告げた。

妾の名前はおさき、ついこの間までは根津の岡場所にいたようだ。

三日に一度、およねは妾宅の掃除や洗濯に行っているというのだが、

「気性の激しい人です。些細なことで叱り飛ばすし、なぜあんな人を旦那さまが好きになったのか不思議です」

およねは、妾宅の仕事まで押しつけられて、面白くないようだった。

「旦那の七兵衛さんは、ここんところ妾宅には行ってないようだが……」

岩五郎が、忙しくしるこを食べるおよねの顔に訊いた。

「旦那さまは、やっぱり、おかみさんがいなくなった事で悩んでいるようです」

「ふむ……」

「ただ、そんな気持ちも揺れているようです。手代の仙之助さんと不義をしたのが本当なら許せない、なんて恨みがましい事を言ってみたり……」

「およねさんから見て、不義はあったと思うのかね」

「私？……私は、なかった、と信じたいです。ただ」

およねは口ごもる。

「ただ？……」

岩五郎が、きっと見返すと、

「旦那さまがおさきさんを囲ったことで、おかみさんは苦しんでいました。それで、先月気散じに湯治に行ったんです、箱根に……。その送り迎えをしたのが仙之助さんでした。番頭さんは、その時から何かあったんじゃないかって、旦那さまに告げ口するものですから、それって、確かめようがないじゃありませんか」

「番頭さんは、七兵衛さんの怒りを煽《あお》っていると、あんたは、そう思うんだね」

「ええ、見ていて嫌な感じがするんです。番頭さんは、旦那さまの機嫌取りのためなのか、おさきさん大事で、しょっちゅうおさきさんの所に様子を見に行っています」

「旦那に頼まれているのかもしれねえな」

「旦那さまとおさきさんを取り持ったのは番頭さんらしいですから……」

「なるほど……そういう事なら、お内儀のおちよさんは、番頭と妾にとっては邪魔な存在だな」

岩五郎は、椀の底に残ったしるこを音をたてて吸い切るおよねの顔を見て言った。

岩五郎は、およねに話を聞いたその足で、根津に向かった。

七兵衛が身請けした妾のおさきが、根津の岡場所にいた者だと知ったからだ。

ただ岩五郎は、単独で岡場所に足を入れることはしなかった。ついこの間まで岡っ引だったとはいえ、今は十手を返上している身だ。納得がいく調べをするためには、やはり十手のあるなしは重要だった。

そこで、同じ北町の同心で、桑井源十郎《くわいげんじゅうろう》の手下で、小石川と谷中を縄張りにしている岡っ引の直七《なおしち》をまず訪ねた。

直七は根津権現の門前で団子屋を女房にやらせている。いや正確には、女房の働きで食わせて貰っている。

岡っ引は誰もがそうだが、女房一人食わせるのだってなかなか難しい。日々の暮らしを心配せずに捕り物に専念するためには、暮らしについては女房の手助けが必要だ。

とはいえ直七は四十そこそこ、今が油の乗った働き盛り。しばらく会ってはいないのだが、かつて直七が十手を授かってまもない頃に、岩五郎は面倒をみてやったことがある。

会うのは久しぶりだったが、

「これは珍しい。親父さんが引退したと聞いたので、一度お訪ねしようと思っていたところです」

直七は無沙汰を詫び、岩五郎を笑顔で迎えた。

「なあに、気を遣うことはねえ。実は今日は、ひとつおめえさんに助てもらえねえかと思って来たんだ」

岩五郎は、ある人に頼まれて調べていることがあるのだと前置きし、根津の岡場所一軒一軒に聞き取りに入るためには十手がなくては時間がかかる。それで手助けを頼みたくてやって来たのだと告げた。

「なんだ、そんな事ですかい。お安いご用だ。いくらでも協力しますぜ、親父さん」

直七は、二つ返事で受けてくれると、

「おい、親父さんだ。淹れたてのうめえお茶と、できたての団子を持ってきてくれ」

店の奥にいた女房に声を掛け、

「岡場所はすぐそこだ。お茶を飲んだらお供をさせていただきやす」

昔の恩を忘れぬ直七の心を、岩五郎は有り難く受け止める。

「親父さん、根津の里の岡場所は、全て伏玉《ふせだま》ですからね、親父さんの知りたい女のことは、すぐに分かると存じますよ」

直七は言った。

岡場所の遊女には、伏玉と呼ばれている者と、呼び出しと呼ばれている二通りの遊女がいる。

伏玉というのは、遊女屋に常に居る遊女のことで、呼び出しは字のごとく、お客があった時だけ呼び出す遊女のことだ。

根津門前町にある遊女屋は、伊勢屋、玉屋、池田屋など二十九軒が軒を連ねているのだが、それ全てが伏玉で、他にも切見世《きりみせ》があるというのだ。

切見世とは、これは吉原などにもある訳だが、裏店のように仕切られた小さな部屋で客を取る、安価な女郎のことである。

果たして、直七の手を借りたお陰で、おさきがいた女郎宿は直ぐに見つかった。

「醬油問屋に身請けされたおさきですか、確かにうちの女郎《こ》でございました。ここでは羽衣《はごろも》と呼んでおりましたけどね」

聞き込みに入った帳場で、長い煙管をくわえながらそう言ったのは、大黒屋の女将だった。

「で、腹に子が出来たと聞いているが、その腹の子は、確かに醬油問屋丹波屋の旦那の子だと言えるのかね」

岩五郎の口調はおだやかだが、言い逃れのきかない底力がある。

「旦那、そんな事は私に分かりっこありませんよ」

女将は、何言っててんだと苦笑して、

「羽衣本人がそう言っているんだもの、信じるしかないじゃありませんか。もっとも、うちでは赤子を産むなんてことは御法度さ。腹に子が出来たと分かったらすぐに始末してもらうんだよ。ところがこのたびは、どこでどう話がついたのか、丹波屋の旦那が早々に身請けすると言ってきたんですから」

女将は、関わりたくないといった顔だ。

「丹波屋は羽衣の話を信じたということだな」

岩五郎は畳みかける。

すると女将は、長火鉢の縁《へり》に煙管を音を立てて打ち付けると、

「私が話せるのはそこまでさね。申し訳ありませんが、もうお帰り下さいまし。ご覧の通り、店はこれから忙しいんです」

二人を置いて立ち上がろうとする。

「待ちな、女将！」

黙って聞いていた直七が呼び止めた。直七はドスのきいた声で言った。

「女将、あんたも知っての通り、あっしはこの土地の御用聞きだ。もしもだぜ、おめえさんたちが丹波屋をたぶらかしていたと分かった時には、ただじゃあすまねえぜ。あっしも、この十手にものを言わせなきゃならなくなるんだ。内緒ごとや嘘は、あっしには通用しねえ、そう思っていてくれなくちゃあ困るよ」

「親分、分かってますよ」

女将は直七の機嫌を取るように笑って見せた。

「分かってりゃあいいんだ。あっしは常々、この界隈の女たちがうまく渡世ができるよう目配りもし、手助けもしているつもりだ。そのあっしをコケにした日にゃあ、後々どうなるか……今度この店に何かあった時にだよ、あっしはこの店を庇うことはできねえ」

直七は脅しを掛けた。

「かなわないねえ、親分には……」

女将は苦笑すると、

「いえね、あたしも心配しているのさ。だって羽衣に執心だったのは、丹波屋の旦那ではなくて、番頭の富蔵さんだったんだから……」

と言ったのだ。

「何、番頭だと……」

岩五郎は、直七と顔を見合わせた。

七

「大黒屋の女将の話では、丹波屋の主が羽衣のもとに通うようになるまでは、番頭の富蔵が通い詰めていたというんでさ。ところがある時、番頭は主の七兵衛を連れてきて羽衣を当てがった……」

岩五郎は、おたつに告げた。

二人が向かい合っているのは、居酒屋おかめの小部屋だ。

知らせておきたい事があると、今朝おたつに岩五郎から連絡が来て、おたつは仕事の帰りに立ち寄ったのだ。

「妙な話だね」

おたつが呟く。

岩五郎は頷くと、

「俄《にわか》には信じがたい話だが、七兵衛が通うようになってからは、羽衣はあの店では七兵衛の囲い者のような扱いになっていたようだ。番頭が多額の手当を宿に払って、他の客の相手はさせなかった。女将はそう言うんだが……」

「だから腹に子が出来たと言われたら、信じるしか無いと……」

「そういうことです」

「なんて事だろ……」

おたつは、長屋で暮らす決心をして、仕立ての仕事を探し始めたおちよの顔を思い浮かべた。

これ以上世話になっては申し訳ない、すぐにでもどこかの長屋に移りたいというおちよを、おたつは引き留めている。

「あんたが不義をしていないというのなら、堂々としてればいいんだ。三下り半を寄越すというのなら、手切れ金だって貰わなきゃ。とにかく一連の話に白黒がつくまでここにいればいいんだよ。長屋を借りる話はその後だ。私もこうして毎日美味しいご飯を作ってくれると有り難いんだ」

おたつのその言葉で、おちよは腹を決めたようだ。

実際おちよは、くるくると良く働く。掃除だって洗濯だって、嫌な顔ひとつせずに、てきぱきとこなしていく。

長屋に暮らすようになって、まだ十日にもならないのに、もうすっかり長屋の連中にも受け入れられているのが見ていて分かる。鋳掛屋の女房おこんなども、おちよの姿を見かけると近づいてきて、くだらない話を仕向けて笑わせようとしてくれるし、弥之助に至っては、毎日売れ残りの野菜を運んでくるようになった。

「おちよさんが貰ってくれると思うと、あっしもつい……」

などと笑って、弥之助はおちよにほの字かもしれないと、おたつは笑って見ているのだ。

弥之助がどう頑張っても、おちよがなびく筈はないのだが、おちよを支えてあげようというその心根は嬉しい。

一方のおちよも、これまでずっと長屋に住んでいたかのように、おこんの無駄話に相槌《あいづち》を打ち、弥之助には、

「弥之助さんのお陰です」

などと喜ばす。

そんなおちよを見ていると、

――ああ、この女は苦労をしてきているね。幼い頃の話は嘘じゃあるまい……。

おちよは、貰われていった家で、下働きの女中のようなことをしていたんだと、おたつは納得する。

おたつは近頃、何故にこんな心ばえの良い女を追い出すような事をするんだと、口には出さないが腹の中では怒っている。

――そんなおちよを蔑ろにして……。

おたつは、思いを引き戻して、岩五郎に訊いた。

「岩さん、丹波屋の主の他には、誰も羽衣の相手をさせないようにしていたと先ほど言ったが、それは番頭の富蔵も相手をしていないということかい？」

「女将はそういうのだが、ただ、番頭は主の伝言を持って来たり、様子をみにきたりと、羽衣のもとに足繁くやって来ていたとも言っている」

「まったく……丹波屋の七兵衛はふぬけかね。馬鹿者としかいいようがないね」

おたつは、あきれ顔だ。

「女将はこう言ったんだ。七兵衛は、番頭と羽衣の仲は知らないいんじゃないかと……番頭が羽衣を主の七兵衛にあてがった時に、女将は口止めされたと」

「なんて事だ、女も女だね」

「おたつさん、この話にはからくりがある。きっとしっぽを摑んでみせますよ」

岩五郎はきっぱりと言った。

「ありがたいねえ、岩さん。あんたに頼めば百人力だね」

おたつは嬉しそうに笑みを見せた。

「百人力だなんて、それならよろしいのですが、この人も近頃ではすっかり気が弛《ゆる》んじまっていますからね。勘が鈍っていてドジを踏まなければいいんですが」

おしながお茶を運んで来て言った。

「何言ってるんだ。おめえだって、俺が外に出てると、うきうきしてるじゃねえか」

岩五郎が言い返す。

「だって、お前さんという人は、お店を手伝ってくれるのはいいんだけど段取りが悪くてさ、いらいらする時だってあるんですよ。ところが、おたつさんに仕事を頼まれてからというもの、毎日ぴりっとしていて、あたしもそんな姿を見てると嬉しいんだよ」

おしなはそう言うと、おたつに笑顔で頭を下げると、店に戻って行った。だがすぐに引き返して来た。

「おたつさん、弥之助さんて人が、今お店に……」

おたつは、弥之助にも調べを頼んでいた。すぐにここに来るようにとおしなに伝えると、

「おちよさんがこの店だって教えてくれたんだ」

弥之助は緊張した顔で入って来た。

「お前さん、まさか、あたしが丹波屋のこと、調べているなんて、おちよさんにバラしていないだろうね」

おたつは念をおす。

「まさか、言わないでくれって言ったじゃねえか」

弥之助は口を膨らませた。

「ごめんごめん、余計な話を聞かせたくないんだ。これは私が勝手にやっていることなんだから。で、何か分かったんだね」

おたつは弥之助に、おちよの養父だった植木屋の弟子を見付け出して、おちよがどこから里子として植木屋に来たのか調べてくれないかと頼んでいたのだった。

「分かりやした。弟子の鶴吉《つるきち》って人が、今は下谷で植木屋をやっていまして……その鶴吉が言うのには、おちよさんは本所の南割下水にお屋敷のある旗本に奉公していた女中が産んだ娘だったようだと……」

「旗本屋敷の……」

おたつは、岩五郎と顔を見合わせた。

「当時鶴吉さんたち弟子は皆、口止めをされていたようです。おちよさんには、絶対しゃべっちゃ駄目だって……」

「お旗本の名は分かっているのかい」

「へい、聞いています」

弥之助は胸を張って言った。

翌日おたつは、弥之助から聞いた旗本の屋敷に向かった。

旗本の名は、松山内蔵助《まつやまくらのすけ》、二千石取りの殿さまだが、今は無役と聞いている。

前を見据えて向かうおたつの衣服は、今日は利休鼠の江戸小紋、帯は落ち着いた茶の色合いで織った西陣織。

着物簞笥からその着物を引っ張り出して身につけた時には、長屋の女たちばかりか、おちよも驚いた様子だった。

「おたつさん、いつの間にそんな高価な着物を作ったんだい……あたしたちは、その着物は見るのも初めてだよ」

鋳掛屋夫婦の隣に住む、大工の女房おせきが目を白黒させた。

「あたしが着物を仕立てる訳ないだろ。これはね、借金のカタに取ったんだよ」

おたつは、袖を広げて笑ってみせたのだ。

「なんだ、脅かさないでよ、おたつさん」

おせきはそう言って笑ったが、見る人が見れば、おたつの着こなしは、俄に身についたものではない事は分かるはずだ。

ただおたつは、長屋のみんなに昔の話はしていない。するつもりもない。

長屋の連中だって昔の話をいちいち披瀝している訳ではない。

話さなくても皆なんとなくわかり合って暮らしている。それが長屋の良いところだ。

おたつが青茶婆として暮らせるのも、長屋だからこそだ。

とはいえ、長屋の者たちが驚くほどの上物の着物を着けたことで、何か昔を見透かされはしなかったかと、一瞬ひやりとおたつはしたが、長屋のみんなはおたつを陽気に送り出してくれたのだった。

「もし、お手数をおかけしますが、こちらのお屋敷のお女中のことでお尋ねしたいことがございまして……」

おたつは松山家の門番に、慇懃な挨拶をした。そして素早く用意してきた小粒を握らせた。

門番は、おたつの身なりをじろじろと眺めたのち、

「分かった、お伺いをしてみるから暫時ここで待て」

そう言ってすぐに屋敷の玄関に向かった。

――青茶婆の身なりでは、こうはいくまい。

追い返されるのが落ちだと、心の中で苦笑して待っていると、

「勝手口の方に回ってくれ。お女中を束ねている松江《まつえ》という人が会うそうだ」

門番はそういうと、勝手口の方を指さした。

おたつは、敷き詰められた砂利を踏みしめて勝手口に向かった。

草一本生えてない白い砂利が、陽の光を跳ね返し、まぶしいほどだ。

屋敷の敷地は三千坪はあるだろうか……敷き詰めた砂利が切れる辺りから奥は林が広がっていて、木々の間からしきりに鳥の声が聞こえる。

狭くて、木の一本も植わってない長屋に暮らしている者にしてみれば、このような場所は別世界に映る。

勝手口は、右手にぐるりと回った場所にあった。

おとないをいれて中に入ると、台所の板の間に身ぎれいな着物を身につけた女中が待っていた。

「どうぞそちらに……」

上がり框の前におたつを勧めたのは、門番が言った松江という女中頭《がしら》らしかった。

一見して四十前後かと思われた。

他にも女中が三人、竈で鍋を掛けたり、洗い物をしたり、菜を刻んでいる女中がいたが、こちらは粗末な形で、屋敷の下女中だと思った。

「何をお知りになりたいのでしょうか」

松江という女中頭は、おたつが名を名乗るや、訝しい目で見た。

「恐れ入ります。これは随分昔の話でございますので、あなた様がご存じかどうか分からないのですが、今から二十五年前のことです。こちらで奉公しておりました女中が赤子を産み、その赤子は深川材木町の植木屋の善兵衛という人に里子に出されたようなのですが、赤子を産んだ女中さんの名前、そして今どこに暮らしているのか、教えていただきたくて参りました」

おたつは、松江の顔を見詰めて言った。

「存じませんね。そんな話は聞いたこともございません」

松江は言下に否定した。

しかしおたつは、松江の顔に微かな狼狽があるのを見過ごさなかった。

「では他の、古くからご奉公のお女中に尋ねていただけませんか」

おたつは引き下がらない。

「あいにく、当時の女中は誰一人残っておりません。それに、そのような事があったのなら、私も耳にする筈です。余所のお屋敷の話ではございませんか」

松江の言い方は、けんもほろろだ。

おたつは、かちんときた。

「随分冷たいおっしゃりようでございますね。血の通った人間なら、いくら昔の話とはいえ、そんな事もあったのかと、何か事情があって里子に出されたのかと、たとえ見知らぬ年寄りが訪ねてきたとしてもですよ、自分が知らなければ、一度他の者にも聞いてみましょう、ぐらいの事はおっしゃるのではございませんか。それを、頭ごなしに知らぬ存ぜぬとは……なるほどね、こういうお屋敷なら、女中の腹に子ができたなどということになると、不祥事として扱われ、平気で余所に赤子をやってしまうのでございましょうね」

「無礼な……あなたはいったい何者ですか、当家を侮辱《ぶじょく》する事は許しませんよ！」

松江は険しい顔で、おたつを睨んだ。

「侮辱だなどと、この婆は、昔をたどれない気の毒な女のために何か分かればと、お節介で参ったまでのこと……」

おたつが話し終わるより先に、

「お節介でいらしたのならなおさら、お帰りを！」

松江は、すっくと立ち上がると、くるりと背を向けて奥に消えた。

「ふん、二千石のお旗本ともなると、お女中も随分と権高《けんだか》いということですか」

おたつは独りごちて勝手口から外に出た。

——まったく、忌々《いまいま》しい……。

白い砂利を踏み、おたつが門の見える場所まで戻って来たその時、

「もし、お待ち下さい！」

背後から声が掛かった。

振り返ると、先ほど台所で菜を刻んでいた下女中が、小走りして近づいて来た。

「おたつさんとおっしゃいましたね。私、昔、赤ちゃんを産んだ女中さんと一緒に働いていました」

下女中は、荒い息を吐いて告げた。

「やはり、間違いなかったのですね」

目を見張ったおたつに、

「はい、その人はおみよさんという人でした。私と同じ下女中で、お腹に赤ちゃんが出来たことがお屋敷の皆様にバレると、馬小屋の奥に馬を世話する下男の部屋が

あるのですが、おみよさんはその部屋に押し込まれて、そこで赤ちゃんを産んだのです」

　下女中は哀しげな顔で言った。その鬢《びん》には白髪が走り、顔には皺が目立っていて、年齢は五十近いかと思われた。

　おたつは頷いた。そう聞いただけで胸が塞いだ。

「それで、生まれた赤子は植木屋に里子に出したという訳ですか」

「いえ、どこに里子に出したのか、おみよさんも私たちも知りませんでした。知らされずに、ある日、どこかにやられたのです」

「気の毒に……」

「ええ、かわいそうでした。赤ちゃんを連れ去られたと知って、私が小屋に駆けつけた時、おみよさんは気を失うほど泣き崩れて……」

「それで、今どこで暮らしているのですか」

「亡くなりました」

「亡くなった……」

「はい、産後の肥立ちも悪かったのですが、赤ちゃんを取り上げられたことで気がおかしくなって……ある日のこと、忘れもしません。雨が降っていました。私は、おみよさんの好きだったお団子を作ったものですから、小屋まで運んだんです。そしたら……そしたら、冷たくなっていたんです」

下女中は思い出して涙を拭い、

「以来、このお屋敷では、おみよさんの話は口止めされているのです」

悔しそうな目でおたつを見た。

八

「片付けはいいから……話があるんだ」

おたつは、夕食の膳を片づけようとしたおちよに、そこに座れと促した。

「すみません、いつまでもお世話になって」

おちよは言った。

食事の間中、おたつが思案の顔で箸をとっていたのを、おちよは気付いていたのである。

おたつの行為に甘えて長逗留しているが、おたつに負担を掛けているのではないか……おちよは常に、その事で心を悩ませていたのである。だがおたつは、

「そんな事は気にしなくていいんだよ。私はね、あんたがこの先、強く、腹を据えて、しっかりと生きていってほしいと願っているんだ」

「……」

「そのためには、自分がどんな人の腹から生まれて、どんな訳があって里子に出されたのか、それを知ることが肝心だと思ったんだよ……」

おちよは小さく頷いた。おたつの指摘に間違いはなかった。

悲しい時にも辛い時にも、そして嬉しい時にも、その気持ちを伝える者が、おちよには一人もいないのだ。

たとえ身内の者や縁戚の者が皆亡くなっていたとしても、せめて墓石でもあれば、その前で心の内を打ち明けることが出来る。

いいや、せめて母が何処の何者だったのか分かれば心も救われるというのに、それすら知らされてこなかったのだ。おちよは時々、

――母は私を捨てたんだ……。

そう思ってきた。このたび身投げを考えたのも、

――私が死んでも、誰も悲しむ人なんていないんだから。

投げやりになっていたのだ。

弥之助に助けられ、おたつの世話になって、人肌の暖かさを貰った申し訳なさから、新しく出直すと告げたものの、内心では砂の上に家を建てるがごとくの心許ないものがあった。

「おちよさん……」

思いを巡らしていたおちよに、おたつの声が飛んだ。

「実は、おちよさんに内緒で、少し調べてきた事があるんだよ」

おたつの言葉に、おちよは小さな驚きの声を上げた。

おたつは、弥之助に頼んで植木屋の弟子だった人を探し、おちよが貰われて来た先を聞き出して貰ったのだと告げ、

「その先というのが、旗本で二千石、松山内蔵助様のお屋敷だったんだ」

「松山……そういえば、養父は松山様のお屋敷の庭の手入れを任されておりました」

「あんたのおっかさんは、松山家で女中をしていたようなんだ。名はおみよ」

「おみよ……」

「そう、お屋敷では下女中をしていたらしい。昔一緒に働いていた人が話してくれてね。あんたのおっかさんは、あんたを産んだ後に亡くなったと言っていた」

「亡くなった……」

おちよは声を詰まらせた。夢想していたものが一挙に消えて、その顔は深い哀しみに染まっていく。

だがまもなく、おちよは顔を起こして、

「何故母は、私を里子に出したのでしょうか」

おたつを問い詰めるように訊いた。

「これから話すことは、あんたにとってはとても辛いことかもしれない。だがね、真実を真正面から受け止めてほしいんだ。あんたのためにも、おっかさんのためにも……」

おたつの言葉に、おちよはしっかりと頷いた。

「おちよさん、まずあんたの父親になる人だが、松山家の三男坊で、名を策之助《さくのすけ》という人だったそうだ」

「！……」

「あんたは知っているかどうか、お武家の世界では三男坊と言えば厄介者。屋敷に住まうだけでも肩身の狭い思いをしなくちゃならないんだ。それが、女中と良い仲になって子までなしたとあっては、お屋敷としても放ってはおけない。あんたのおっかさんはそれを知っていたからこそ、腹に子が出来たことを隠そうとしていたようだ。だがバレてしまった……」

おたつは下女中から聞いたそのままを、おちよに話してやった。

おちよは、膝の上で拳を作って聞いていたが、母親が亡くなった雨の日の話に及ぶと、顔を覆って肩をふるわせて泣いた。

「そういう事だから、あんたは捨てられた訳じゃない。どうしようもなかったんだ」

「でも……」

おちよは、得心しないようだった。

「早い内にお屋敷を出ていれば、貧しくても母子で暮らせることは出来たんじゃないでしょうか」

「おちよさん、あんたはまだ子供を産んだことがないらしいから分からないのかもしれないが、生まれた子が無事にこの世で生きのびること、それを願うことだけが、その時のおっかさんに出来る唯一だった……そう思ってやれないのかい？　命を懸けて産んだ我が子を手放したい母親がどこにいるんだい……事情があって手放さなきゃならない母親だって、皆、心で泣いてるんだ」

おたつの言葉に熱がこもる。

「おたつさん……」

「おっかさんの哀しみを分かってやって欲しいね。おっかさんはね、あんたを産んだその時から、今だってあの世から、あんたの幸せを祈っているんだ」

おちよは黙って俯いた。

「それで、父親の策之助さんの事だけどね……」

おたつは、おちよの表情を確かめながら話を継いだ。

おちよの母親おみよが亡くなってまもなく、策之助は遠縁の三百石の旗本の家に養子に入ったようだ。

だがその父親も、養子に入って五年後に病で亡くなったというのだった。

「その策之助さんだけどね。養子に行くことが決まった時に、一度深川の植木屋を訪ねて、あんたをだっこした事があったようだ」

「私をだっこ……父親が私を……」

おちよの双眸《そうぼう》にまた涙が膨れあがった。

「あっ、そうそう、それからこれは、おっかさんの話をしてくれた女中さんから預かってきたものなんだけど、何時か娘さんが訪ねてきたら渡してあげたいって」

おたつは巾着袋から、木綿で作った小さな足袋を取り出した。

「あんたのおっかさんが縫った赤ちゃんの足袋だ。あんたのおっかさんは、この足袋を胸に抱いて亡くなっていたそうだ」

「おっかさんがこれを……」

おちよは、おそるおそる手に取って見る。

「その女中さんはね、こう言っていた。これでおみよさんもあの世でほっとしてくれるに違いないって……」

「おっかさん……」

おちよは、小さな足袋を両手で包んだ。掌に隠れてしまう程の小さな足袋だ。

「おたつさん、おっかさんって、その言葉を口にするだけでも、私、私……」

おちよは声を詰まらせた。

——これでおちよは立ち直れるに違いない……。

おたつが茶器を引き寄せたその時、ときが警戒したうなり声を上げ始めた。

「おたつさんはいるかい?」

家の戸を叩く者がいる。

「岩さんかい……」

おたつは、はっとして土間に下り、戸を開けた。

「夜分にどうも……実は丹波屋の旦那が、何者かに刺されて重体だと報せをもらいやしてね」

告げながら岩五郎は険しい視線をおちよに流す。

「誰に刺されたんだい」

「それが、手代の仙之助じゃねえかっていうんだが……」

声を落としておたつに告げる。

「確かなのかい……」

「見極めはこれからだ。とにかく、そういう事だから、こちらにいるおかみさんも旦那に会った方がいいんじゃねえかと思ってね」

おたつは頷くと、振り返っておちよに言った。

「聞いただろ、私も一緒に行くから急いで仕度を……」


おたつとおちよが、岩五郎と丹波屋に着いた時、丹波屋の表には町奉行所の同心と岡っ引、それに小者の姿があった。

「上林《かんばやし》の旦那、お内儀のおちよさんでございます」

岩五郎が告げると、同心は入ってよしと頷いた。

「あの旦那は北町の旦那で、あっしが手札を貰っていた深谷さまとは懇意の仲でした。岡っ引は栄二郎《えいじろう》って野郎です。何かとお世話になるかも知れませんので、おちよさんの事情は手短に話してあります」

店の中に入ると岩五郎がおたつに告げた。その時だった。

「お待ち下さい」

店の上にあがろうとしていたおちよの前に、番頭の富蔵が立ちふさがった。

「おかみさんはこの家を出て行かれた人ではありませんか。いまさら顔を出されては、旦那さまの体に障ります。お引き取り下さい」

その言葉に、おちよは怯んだ。

するとおたつが、ぐいと前に出て富蔵に言い放った。

「おや、あんたはいったい何様なんだい。この店の番頭とはいえ、奉公人じゃないか。奉公人が主の内儀に向かって言う言葉かね」

「あんたは、先日の……！」

富蔵は驚いた。

おちよを訪ねてきた傍若無人のあの婆さんが、おたつだと分かったようだ。

「あたしゃおたつという者だよ。お前さんの魂胆《こんたん》は分かっている。お前さんは自分の息の掛かった女郎と組んで、何か悪巧みでもしているのだろ」

「な、何を言うんだ……根も葉もないことを、許しませんぞ。訴えてやる」

「誰に？」

「決まってるじゃないか、お役人です」

「ふん、何も知らないと思っているのかい。いいかい、この岩五郎さんて親分が、今いろいろと調べているところだよ」

「し、調べるって何を……」

富蔵は驚いて岩五郎の顔を見た。

「四の五の言ってないで退いてくんな。お奉行所の旦那も、お内儀に会わせるようにおっしゃっていなさるんだ」

岩五郎は、富蔵の胸を叩いた。

「ううっ」

富蔵は歯ぎしりしながら道を空けた。

おちよは、富蔵を押しのけるようにして、亭主の七兵衛が臥《ふ》している部屋に向かった。

「お前さん……」

部屋に一歩入ったおちよは立ち竦んだ。

七兵衛が虫の息で眠っているのが目に飛び込んで来た。

側に医師が一人控えていた。

「玄庵《げんあん》先生」

おちよは、七兵衛の血の気の抜けた青い顔を窺ってから、控えている医師に顔を向けた。

「おかみさん、今夜が山でございます。旦那さまは肩口を刺されておりまして、急所は外れているのですが、なにしろ出血が酷くて」

「助けて下さい、お願いします」

おちよは手を合わせた。

「むろん、手はつくします。おかみさんも側にいてあげて下さい。先ほどまで旦那さまはうわごとをおっしゃっておりました。おちよ、おちよと……」

「お前さん」

おちよは、七兵衛の顔に呼びかけた。医者の言葉は意外だった。亭主の心から自分はとっくの昔に、消えてしまっているだろうと思っていたからだ。

おちよは改めて、亭主の顔を見詰めた。

おたつは、そんなおちよの姿に、内心ほっとして見守っている。そのおたつに、

「ここは頼むよ、あっしは上林の旦那に訊きてえことがありやすので……」

岩五郎は、おたつの肩越しに囁くと、静かに部屋を出て行った。

店に戻ると、先ほどの同心上林と手下の栄二郎がなにやら顔を寄せて相談していた。

「旦那、ひとつ教えていただけませんか。こちらの旦那を襲ったのは手代の仙之助っていうのは間違いねえ話でございやすか」

岩五郎が声を掛けた。

「岩五の親父さん、いったい何を調べているんだ……」

上林同心は苦笑して訊き返した。岩五とは、町方仲間に呼ばれていた岩五郎の愛称だ。

岩五郎は丹波屋が襲われたことを聞きつけてこの店に駆けつけた時、上林同心には、おちよが家を空けて、おたつという人の家にいる事情は話しておいたが、これまでの調べで富蔵に抱いた不審の数々は、まだ話していなかった。

「いえね、お内儀が何故家を出ることになったのか調べていくうちに、どうも腑に落ちないことがございまして」

「そうか、それで丹波屋にかかわっていたのか……だったら手を貸してくれるんだな、岩五の親父さんが助てくれたら有り難い」

同心は笑ってそう言うと、

「元手代の仙之助の名を出して来たのは、番頭の富蔵だ」

真顔になって言った。

「やはりそうか……」

岩五郎は頷く。

「番頭の話によれば、仙之助はお内儀との不義を咎められて店を辞めさせられたらしいな」

「旦那、富蔵の言っていることを真に受けちゃあいけませんぜ」

岩五郎は小さな声で言い、上林同心を店の外に連れ出すと、自分が調べた富蔵と羽衣の話を上林同心に告げた。

「なるほどな……いや実は、七兵衛は今日の夕方、集金帰りを新シ橋の袂で待ち伏せに遭ったのだが、下手人が分かっている訳ではないのだ。富蔵の言うように仙之助が下手人というのもな……不義者だと言われた男が、まだこの江戸にいるのかどうか」

「凶器はなんだったんですか」

「匕首か包丁か、医者は傷口を見て、そう言っている」

「金はとられたんですかい？」

「そっくりな。どれだけの金があったか、調べはこれからだ」

「遺留品は……」

「おいおい、俺が取り調べを受けているのか」

上林同心は苦笑する。

「すみません、つい」

「いずれにしても、現場の探索は明日の朝からだ。なんだったら、親父さんも助てくれ。栄二郎も心強い」

上林同心は、背後の店の中にいる手下の栄二郎を、ちらりと振り返って言った。

九

翌朝、岩五郎は上林同心に同道して、丹波屋七兵衛が襲われた新シ橋の南袂に立った。

手下の栄二郎は丹波屋に置いてきたが、番屋の小者三人を引き連れていた。

橋の袂から土手を見渡すと、一間ほど先の草むらが何かに押し倒されたようになっていた。

「そこだな、そこで丹波屋は転がっていたようだ」

上林同心が言った。

橋の袂から土手に踏み込んだ。だが覆い茂る雑草が邪魔して、遺留品捜しどころではない。

「旦那、ここに血痕の跡があります」

岩五郎は、茎が赤黒く変色した所を指した。

上林同心は、岩五郎の側にしゃがんで血の跡を見た。だが辺りを見回して、

「これじゃあ遺留品を捜すのは難しいな」

そう呟くと、連れてきた小者に持参してきた鎌を渡し、

「辺りの草を刈り取れ。注意して刈るのだ。遺留品があるかもしれぬからな」

号令を掛けた。

小者たちは草刈り競争しているように、あっという間に二間四方ほどの草を刈り取った。

「上林様……」

一人の小者が、刈り取った草むらから、厚手の三河木綿《みかわもめん》で作った袋を拾い上げて持って来た。

「集金袋だ」

岩五郎が言い、袋の隅にある『丹波屋』の文字を指した。

袋を受け取った上林が、

「金は入っていない。目的は金か……」

岩五郎に問いかける。

「金が目的だとすると、丹波屋が集金してくる事を知っていた者の仕業かもしれませんぜ」

岩五郎は言いながら、自身も刈り取った跡や、その周辺に目を懲らした。

――おやっ……。

岩五郎は、印籠を拾い上げた。

見事な漆塗りの印籠で、中央に○に丹の字が入っている。

「旦那、これも七兵衛の持ち物のようですぜ。これは丹波屋の商標だと思われます」

岩五郎は上林の手に渡す。

「ふむ、下手人の物は何も見つからないか……」

上林が呟いたその時、

「もし、お役人様、昨日そこで商人が襲われた調べでございますか」

背中に丈長い荷物を背負い、腕には数冊の本を抱えた男が近づいて来た。

「お前は貸本屋だな、何か知っているのか？」

岩五郎が尋ねると、貸本屋は恐れを含んだ硬い表情で頷いた。

「見たのか」

険しい岩五郎の表情にもう一度頷くと、

「私が見たのは、橋の向こうからです」

新シ橋の北袂を指した。

「よし、その時のことを話してくれ。出来るだけ詳しくな」

「はい」

と貸本屋は神妙な返事をした。

貸本屋は毎日下谷近辺を回って本を貸し付けている。だが六ツの鐘が鳴る頃には、この新シ橋を渡って家に帰ることにしている。

女房子供が長屋で一緒に食事をするために待っているからだ。

昨日も橋の北袂で鐘を聞き終えたが、橋を渡ろうとしてふと向こうを見ると、男が橋を渡り終えた商人に背後から襲いかかったところだった。

男の手には、匕首か包丁か判別はできなかったが、刃物を握っていたのは見えた。

貸本屋はとっさに橋袂の陰に隠れた。恐ろしかったからだ。

商人の男が振り向いて、何か叫んだようだが、そのまま草むらに倒れてしまった。

男は商人の体から袋を取り上げ、なにやら中身を取り出して自分の袂に急いで落とすと、もう一度刃物を振り上げて倒れている男を見下ろした。

だがその時だった。

酔っ払い二人が、貸本屋が隠れている橋の袂から、むこうに渡り始めたのだ。酔っ払いたちは、たった今、橋のむこうの袂で惨劇があったことなど知るよしもない。

刃物を振り上げた男も、酔っ払いが近づいてくるのに気付いたのか、慌てて走り去ったのである。

——番屋だ。

貸本屋は橋を走り抜けると、豊島町の番屋に飛び込み、危急を知らせた。

「ですが、襲撃を見ていた事が下手人に知れれば殺される……そう思ってすぐに逃げました」

と実見した一部始終を岩五郎と上林同心に告げた。

「で、襲った男の顔などは分からねえだろうが、どんな物を着ていたのか、それはどうだ？」

岩五郎の尋ねに、貸本屋は少し考えてから言った。

「体つきは良かったと思います。着ていた着物の柄までは分かりません。商人は羽織を着ていましたが、襲った男は羽織は着ていなかったと思います」

詳しいことが分からなくてすみませんと貸本屋は言った。

「何、皆目分からなかったんだ。有り難い。何か今後思い出すような事があったらしらせてくれ」

上林は自分の名を名乗り、岩五郎の名も教えた。

貸本屋は馬喰町の裏店に暮らす銀吉《ぎんきち》だと名乗った。


七兵衛が襲われてから三日が経ったが、まだ昏睡状態から脱してはいなかった。命は取り留めたが、相変わらず危険な状態には変わりなく、医者は目を離さぬようおちよに告げ、いったん引き上げて行った。

上林同心の手下栄二郎も、ずっと丹波屋で待機している。七兵衛が目覚めるのを待っているのだ。

おたつも、弥之助とおこんを長屋から呼び寄せると、自分に代わっておちよを見守り七兵衛の看病するように言いつけた。

「今日が期限の取り立てがあるんだ。手間賃はきっちり払うから頼むよ」

おたつは二人に言った。

おちよがこの三日間、ほとんど眠っていないのを、おたつは案じていた。

「任せてくれよ、おたつさん」

弥之助は頼もしく言った。

「それと……」

おたつは二人に顔を寄せるように促すと、

「けっして番頭の富蔵から目を離しちゃいけないよ。あの男はどうも信用できないんだ。これは私の勘だけどね」

この店で今信用していいのは、台所仕事をしているおよね、それに張り込んでくれている岡っ引の栄二郎だけだと二人に告げて丹波屋を出た。

数歩歩いたところで空を見上げた。日の光が眩しかった。三日ぶりの外の空気だ。

――それにしても……。

ヤキが回ったか……とおたつは苦笑した。

以前の自分なら、ここまで他人のことに関わることはなかったろうと思うのだった。

おたつは、さる藩の下級武士の女房だった。

だが我が子を亡くし、悲しみにくれていたある日、主家の奥に入るよう命じられた。最初は乳母として、やがて奥をとりしきる女として長年大名の奥で暮らしてきた人だ。

その間に夫とは離縁となり、その夫は再縁し、後に黄泉の世界に入ってしまった。女としての幸せを、すべて主家のために費やしてきたおたつである。

岩五郎の女房が、おたつを「多津さま」と呼んだのは、藩邸で暮らしていた当時のおたつの名前である。

おたつが藩邸の奥に暮らしていたときに、さる事件に奥の女中が巻き込まれ、当時町奉行の手下だった岩五郎の手を借りた。

岩五郎とは、その時からのつきあいだが、おたつが長屋暮らしになった経緯や、これまでの事については、何も話していなかった。

青茶婆のおたつにも、事情があったのだ。

その事情を成し遂げるまで、おたつは死ぬことなど出来ない。

そのためには、情に流されることなく、物事は冷静に見ること。それを自身に言い聞かせて過ごしてきたおたつであったが、稲荷長屋に暮らすようになってから、おたつの心に変化が生じているのだった。

だからこそ、おちよの健気さに心を動かされたに違いない。

特にこの三日三晩の七兵衛への看病は、実に事細やかで、乾いた唇を濡らしてやったり、額や首元を拭いてやったり、息づかいの変化を息を殺してたびたび確かめている様は、愛情が無ければ出来る筈が無い。

おちよはまだ、変わりなく七兵衛を慕っているのだと、おたつは思ったものだった。

――おや……。

おたつは背後に人の気配を感じて立ち止まった。

思い巡らせて歩いて来たが、馬喰町二丁目の大通りから通塩町に抜ける道に入ったところで、その気配を確信したのだ。

おたつが止まると、背後の気配も止まった。

おたつは、くるりと背後を向いた。

五間ほど後ろにいた男が、驚いておたつを見た。男は百姓の格好をしていた。

おたつは、その男につかつかと近づいた。

「私に何か用でもあるのかい」

険しい視線を投げた。

「いいえ、少しお聞きしたい事がございまして」

と言う。

「何だい……」

「私は丹波屋さんに大変お世話になった者でございます。噂で丹波屋さんが襲われたとおききしまして、それでお店の方まで参りましたが、私のような者がお訪ねしてはご迷惑かもしれないとお店の前で思案しておりました。そしたら、丁度あなた様が出てこられました。教えていただけませんでしょうか。噂は本当でございますか」

百姓の男は、案じ顔で訊く。

「本当です」

おたつは言ったが、現在の状況については告げずに百姓の顔色を窺った。

「旦那さまが……」

百姓の表情から見る間に血の気が引いていく。刹那、哀しみが顔を覆っていくのが分かった。

——この男は、襲撃とは関わりがなさそうだ。

とおたつは思った。

「お教え下さいまして、ありがとうございました」

百姓は頭を下げると踵を返す。

「待って、あんたの名前は？」

おたつは訊いた。

百姓はおたつに向いた。

「へい、作蔵《さくぞう》といいます」

辞儀をして告げたが、その目は怒りを含んでいるように見えた。

十

「もう一度訊くが、その腹の子は、本当に俺の子だろうな」

番頭の富蔵は、自分の胸にしなだれかかっているおさきの背中を撫でながら訊いた。

ここは浜町堀沿いにある久松町の、主七兵衛の妾おさきの住む仕舞屋だ。

富蔵は、主が瀕死の状態でいる事をいいことに、用事を作って堂々とやって来て、長火鉢の前で一杯やりながら、おさきを我が胸に引き寄せているのだった。

「ふふっ」

　おさきは笑うと、

「番頭さんともあろうお方が……」

　顔を上げて番頭の富蔵の顔を見詰めると、

「間違いありません。番頭さんの子です。だって、番頭さんのお陰であたしは他の客を取らずにすみました。ずっと昼夜買い切りだったんですもの……そんな時に赤ちゃんが出来たんです。すると番頭さんは、すぐに丹波屋の旦那を連れてきました。だから丹波屋の旦那の子が生まれる筈がありません」

　番頭の富蔵は、嬉しそうに頷いた。

「これでやっと、店が我が手に入る。先代が亡くなったときに町奉行所が邪魔をしなければ、とっくの昔に私の物になっていた筈だ。とんだ回り道だった」

「でも、この子が跡を継ぐのは、ずっと先でしょ」

　おさきは、不満顔で言った。

「何、案ずることはない。七兵衛はこのたび命は助かったが、次はどうだか……またどんな災難に巡り会うかわからん」

「まどろっこしいねえ。いっそ今薬でも盛ればいいのに」

「馬鹿、今はまずい」

「簡単じゃないか。医者もずっと付いてる訳じゃないんだろ」

「ところがだ、妙な婆さんがおちよを連れて帰って来て、ずっと監視しているんだ。特に私を近づけないように見張ってるんだ。今は手も足も出せない」

「つまんないの」

「慌てることはないんだ。いいか、まずはお前が後妻に入って、この子を産む。そのあとで旦那がいなくなる。お前は私と一緒になる。丹波屋を絶やさぬためという立派な名聞でな」

「富蔵さん……」

おさきは、富蔵にしがみつくが、

「おっと、辛抱辛抱、今は赤子のために体をいとわなくてはな。私もそろそろ店に帰らねば」

富蔵は立ち上がった。

「もう？……次は何時来てくれる？」

「三日後だな。その間にお前の世話は女中を寄越すから、欲しいものがあれば頼めばいいんだ」

富蔵は、まるで自身が旦那のような堂々とした落ちつきぶりで、仕舞屋の表に出た。

辺りを一度用心深く見渡したのち、富蔵は平然として仕舞屋を出た。

久松町は浜町堀に沿ってある小さな町だ。河岸通りを、まっすぐ北に進むと、汐見橋東袂には岩五郎とおしながやっている居酒屋おかめの店があるし、更に北に向かえば神田堀に入って、その先にある丹波屋がある亀井町に行き着く。

富蔵は店に帰るらしい。迷わず道を北に取った。

だがその時だった。

富蔵が出て来た路地から男が現れた。仕舞屋の表から尾けてきたのだ。男は岩五郎だった。

岩五郎は、往来の人を隠れ蓑にして、慎重に富蔵の後を尾けていく。

まもなく富蔵は、浜町堀に架かる千鳥橋に差し掛かった。千鳥橋は汐見橋のひとつ南寄りに架かっている。

その千鳥橋袂の灯籠の陰から、もう一人の男が現れて、富蔵の背を険しい視線で見送った。

七兵衛が襲われる所を実見したという、あの貸本屋の銀吉だった。

「銀吉さん、どうだい……」

富蔵を追ってきた岩五郎が銀吉に走り寄って訊いた。

「あの体つき、間違いねえ。あいつが金も奪っている筈だ」

「ありがとよ、ここからは俺一人でいい、帰ってくんな」

岩五郎が銀吉を帰そうとしたその時だった。先を行く富蔵の姿を目指して、もう一人の男が突進していくのが見えた。百姓姿の男だった。

「止めろ！」

叫びながら、岩五郎は富蔵の方に走っていく。

岩五郎が走り寄った時、富蔵は百姓姿の男に道を塞がれていた。しかも百姓姿の男の手には匕首が光っている。

「お前は……仙之助！」

富蔵が驚愕の声を上げた。

「驚いているのかい、番頭さん、いや、富蔵……」

仙之助は、用心深く、じりっと一歩歩み寄った。

「なんだ、その格好は……なぜ私を狙う」

「知れたことだ。富蔵、他の者が騙されても私は騙されないぞ！……お前が旦那さまを襲ったのだ。私には分かっている。旦那さまに代わって、お前を、殺す！」

仙之助が飛びかかった。

「うわ……」

富蔵は仙之助の一撃をかろうじて避けたが、地面にひっくり返った。慌てて逃げようとするのに、仙之助の匕首が第二撃を打った。

「止めろ！」

岩五郎が仙之助に飛びかかった。

仙之助の匕首は、岩五郎の体当たりで、狙った富蔵の肩を外れて、左手首に突き刺さった。

「成敗が出来るのは、お奉行所だけだ！」

岩五郎は、仙之助の首根っこを摑んで怒鳴りつけた。

「旦那、あいつ、逃げていきやすぜ」

追っかけて来た銀吉が、腕を押さえて逃げて行く富蔵を指した。

「うう……」

仙之助は無念の声を上げて地面に匕首を突き立てた。

十一

岩五郎から、元手代の仙之助が富蔵を襲い、橘町の番屋に留め置かれている報せが来たのは、おたつが金の回収から戻ってすぐの事だった。

——おちよさんはこの事、知っているのだろうか。

知ればどれほど悲しむか……おたつが考えたのは、まずその事だった。

せっかく逃がしてやった仙之助が舞い戻っていたばかりか、番頭を傷つけたのだ。

誰もが考えるのは、不義の疑いを掛けられた腹いせに、仙之助はまずは主の七兵衛を襲い、次に番頭の富蔵を襲ったと思うのではないか——。

おちよは直ぐにも番屋に走って仙之助の真意を確かめたいに違いない。だが七兵衛の容体を目の当たりにして丹波屋を離れる訳にはいくまい。

おたつはそこまで考えて、まずは自分が仙之助に会ってみようと考えた。

おたつは、家を出た。

橘町に向かいながら、あの町の番屋はいまだ岩五郎の存在を無視できない筈だと思い立った。

果たして、番屋を尋ねたおたつに、

「おたつさんですね。岩五の親父さんから聞いております。おみえになったら、仙之助に会わせてやってほしいと……」

番屋の小者は言った。

「すると岩さんは、ここにはいないんだね」

おたつが尋ねると、岩五郎は仙之助から話を訊いたのち、同心の上林に会いに行ったのだという。

おたつは、小者に案内されて、町役人たちが当番をしている座敷に上がった。

番屋は、土間から上がってすぐの座敷は、町役人たちが詰めている。

捕らえられた者たちが留め置かれているのは、その奥の板の間だった。

小者が奥の戸を開けると、百姓姿の男が、腰に縄を付けられて座っていた。

「お前さんは、あの時の！」

おたつは、板の間に踏み込むなり声を上げた。

「あっ」

仙之助も驚いて、おたつを見上げた。

「お前さんが、仙之助さん……お前さんは、たしか百姓で作蔵と……」

おたつは言い、仙之助の前に座った。

「申し訳ございません。丹波屋から出て来た人に、私の名前を告げる訳にはいかなかったんです」

「おちよさんは命まで張って、あんたを逃がしたのに、ずっと江戸にいたんだね」

「あなたはもしや、おたつさんという青茶婆の……」

おたつは頷いた。

「岩五郎親分さんから聞きました。おかみさんが身投げをしようとしていたのを助けていただいたばかりか、一緒に暮らしていただいていると……」

「でも今は、御亭主の看病で店に戻っていますよ。まだまだ油断は出来ないらしいですからね」

仙之助は、ほっとしたように頷いたが、

「私は一度は東海道を上方に向かいましたが、私を逃がして下さったおかみさんが心配になりまして戻ってきたんです。そしたら旦那さまが何者かに襲われたと知りました。確かめなくてはと身なりを変えて丹波屋まで行ったのですが、やはり店の者たちに尋ねる勇気がございませんでした。行ったり来たりしていた時に、あなたさまに会いして」

「それがどうして、番頭の富蔵を待ち伏せすることになったんだい」

「私は旦那さまが襲われたと知った時、いの一番に頭に浮かんだのが番頭の富蔵でした。あの男なら、やりかねないと……それで、旦那さまの目を盗んで、あの男がたびたび訪れていたお妾の所に行くのを待っていたんです」

仙之助は決意を込めた目で、おたつを見た。

「あの男ならやりかねないとは、それまでにもいろいろあったということだね……」

「はい、番頭の富蔵は、先代が亡くなったときに、自分があの店の主になる算段をしていたんです。濡れ手に粟どころではありません。盗人に等しい行いです……」

「北町のお奉行所が乗り出してきて、それがかなわなかったんだね」

「そうです、ですから、今の旦那さまが丹波からやって来ると、音《ね》を上げて上方に引き上げるようにしむけたんですが、旦那さまは番頭の意地悪も修業だと根気強く頑張ってこられて本日に至っています……」

おたつは、大きく頷いた。

仙之助の話では、番頭の態度が変わったのは、七兵衛が岡場所に出向くようになってかららしい。

羽衣を相手にして一月もたった頃だろうか、腹に子が出来たと打ちあけられて、七兵衛は身請けして別宅に住まわせるようになったのだ。

そこまで話すと、仙之助は忌々しそうに言った。

「私は、それだって信じていません。番頭の腹黒いのは知っていますから……」

「しかし、いくらなんでも主を襲うとは……」

呟いたおたつに、仙之助はきっぱりと言う。

「あの番頭は手段を選びません。私も罠にかかるところでしたから」

おたつは、あまりの激しい言い方に、驚いて仙之助に訊いた。

「不義のことだね」

仙之助は頷くと、妾出現で消沈したおちよを、箱根で湯治するよう勧めたのは番頭だったのだが、そのお供を仙之助に言いつけたのも、後に不義の疑いを掛けるためだったのだと言う。

「その事だが、おちよさんからも聞いている。何もないのだと……」

「おかみさんは、店の手代たちの憧れでした。美しいし、優しいですし、心配りが行き届いていて……しかしだからといって……」

おたつは仙之助の心の奥に揺らいでいるおちよへの思慕を見た。だがそんな物は、若い時にはありがちなことだ。

懸命に主と主の内儀の無事を願う仙之助をおたつは見ていて、おちよと仙之助の間には、不義はなかったと確信した。

「仙之助さん、あんたの言うことが真実なら、たいした罪には問われない筈だよ」

おたつはそう告げると、表の間で待機している町役人たちに一分金を手渡して言った。

「これであの人に、何か美味しい物でも食べさせてやって下さいませんか」

十二

その日の夕刻、夫の枕元に座り続けるおちよの前に、片腕をさらしで首に吊りあげた番頭の富蔵が、険しい顔で座った。

「この傷は、誰から受けたか分かりますか、おかみさん」

富蔵は、目を吊り上げておちよに言った。今にもつかみかからんばかりの形相だ。

「いえ……」

おちよは首を横に振った。

寝ずの番の看病で疲れ果てているおちよの頰には、乱れた黒髪が落ちている。

「番頭さん、おちよさんは疲れています。日を改めて下さい」

おちよの手伝いに送り込まれていたおこんが側から声を掛けた。

「黙れ！」

富蔵は鬼のような声で、おこんを叱りつけた。

「黙れはないでしょう、あたしはね、おちよさんが心配で、こうして一緒に看病しているんじゃありませんか。それをなんだい、あんたはここの番頭じゃなかったのかい。己の主が生死をさまよい、その看病に疲れ切っているおかみさんに、その態度はおかしいんじゃないのかい。あんたは、ここの奉公人じゃないか！」

おこんは喧嘩で負ける女ではない。

長屋でも亭主と三日に上げず喧嘩をしているが、百戦百勝だ。

ぐいぐいぐいと膝で富蔵ににじり寄って、きっと睨んだ。

「いいのですよ、おこんさん」

おちよは言い、乱れた髪をかき上げてから番頭の顔を見た。

「まだ知らされていないのなら、話してやる。この傷は、仙之助から受けたものだ」

「仙之助……仙之助がまだ江戸に」

おちよは驚いた。

「仙之助は逆恨みをしているんだ。旦那さまを襲い、そして私まで襲った……」

「そんな馬鹿な……」

「嘘ではない、本当だ。仙之助は、おかみさんが気の毒だと言っていたことがある。お妾にお子が生まれたら、この店はその子の物になる。おかみさんの居場所がなくなるんじゃないかとね。だから、おかみさんのためだったら、人も殺める」

「ふん、勝手な講釈だ」

横からおこんが口を出す。

おちよは、おこんを制して、

「番頭さん、私はね、旦那さまが目を覚まし、元気になったらこの家を出ます。ずっと考えていたんです。ここで私が頑張っていたら、おさきさんも面白くない。第一生まれてくる子のことを考えれば、実の母親の膝で育つのが一番良いことです」

「ほう、随分と物わかりが良くなられたのでございますね」

番頭の富蔵は皮肉った。

「私は母の顔も知らずに今日まで生きてきました。実の母と子が一緒に暮らすことの大切さを、私は誰よりも分かっている、そう思っています」

「二言はありませんな」

富蔵はどこまでも横柄だ。

「ございませんが、ひとつだけ、私の願いも聞いていただけませんか」

「何を聞けと……金なら十分な額をお持ち下さい」

「お金のことではございません。仙之助のことです。どうか、私の決意に免じて許してやっていただけないでしょうか」

「なるほど」

富蔵はにやりと笑う。

「仙之助には丹波に両親が健在です。狭い畑を耕して暮らしていると聞いています。仙之助が故郷に帰れるよう、罪は問わないでいただきたいのです」

「ふっ」

してやったりと、富蔵の顔が綻んだ時、店の方から数人の荒々しい足音が近づいて来た。

はっとして振り返った富蔵に、現れた上林同心は言い放った。

「丹波屋の番頭富蔵、主殺しの罪で捕らえる！」

その声で、栄二郎たち手下が、富蔵の両脇に走り寄った。

岩五郎の姿もあった。

「証拠があるのか！……下手人は仙之助だ。私もこれこの通り刺されたのだ！」

富蔵が声を荒らげた。

「証拠は既に押さえておる」

上林同心の声が、凛然《りんぜん》と響く。

「おさきの住む仕舞屋に、お前が旦那から奪った集金の金があったのだ。それにな、少々手間取ったが、おさきも白状したのだ。腹の子はお前の子だということも、なにもかもな。言い逃れは出来ぬ」

「くっ」

栄二郎たちは、両脇から富蔵の肩を摑んだ。

富蔵はあらがいながら引っ立てられて行った。

「おちよさん……」

おたつがやって来た。

「おたつさん……」

おちよは、おたつの顔を見ると、へなへなとへたり込んだ。

その時だった。

「おちよさん、旦那さんが、旦那さんが……」

おこんが叫ぶ。

おちよもおたつも、七兵衛の枕元に駆け寄った。

「お、おちよ……」

七兵衛が弱々しい目を見開いて、おちよに手を伸ばしてきた。

「お前さん……」

おちよは七兵衛の手を、しっかりと握りしめた。


数日後のことだった。

御府内に濃い霧のような雨が降るともなしに降り注ぎ、風が起きると一斉に薄布がなびくように見えるその日、新堀川沿いにある『法念寺』の門を、二つの傘がくぐった。

おたつとおちよだった。おちよは桔梗の花数本を手に携えていた。

二人は、まっすぐに庫裏に向かうと、出て来た小坊主になにやら問いただした。

小坊主はすぐに奥に走ったが、出てくると二人を案内して墓地に向かった。

この寺は、旗本松山家の菩提寺だった。

番頭の富蔵が町奉行所に捕まって、事件は一件落着となり、丹波屋の主も今では随分と回復し、日増しに健康を取り戻している。

番屋に留め置かれていた仙之助は、江戸所払いとなった。

その仙之助に七兵衛は、丹波で醬油屋を開くだけの十分な資金を持たせて出立させた。

そこでおちよはおたつの手を借りて、旗本松山家の下女中に会い、母のおみよが葬られた寺を訊いたのだった。

それが昨日のこと、今日はあいにくの雨模様で、墓参りは日を改めるかとおたつは思ったが、

「おっかさんがこの赤ちゃんの足袋を手に亡くなった日は、雨の降る日だったと聞いています。今日はこぬか雨……おっかさんは今日という日を望んでいるのかもしれません」

おちよはそう言い、一日も延ばすことなど出来ないと、おたつに同道を頼んで母

親の墓を探しにやってきたのだった。

「こちらです」

ところが、寺の小僧が指し示したは、寺の墓地の端っこの、丈一尺ほどの雑草が茂る場所だった。

墓碑など無い。茂みの中で雨に濡れ、土で汚れ、苔の生えた平たい石が、掌ほど顔を見せている。

「ここが……」

おちよは訊き返す。

おちよは、先ほど通って来た松山家の墓石群を振り返った。

母の墓と今示された場所は、松山家の墓地とは縁もゆかりも無いと思える遠い距離にある。

「和尚さんがそのように……間違いありません」

小僧はそう言うと、寺の方に走って行った。

おたつは立ち尽くして草の茂みを見詰めた。言葉を掛けられなかった。

おちよの母は女中とはいえ、下女中だった。しかも、けっして許されぬ行いをした女だ。無縁仏として大勢の骨の中に投げ入れられなかっただけでも良いと思わねばならないのかもしれない。

「おっかさん」

おちよは傘を放り投げると、茂みの中に踏み込んだ。そしてそこにしゃがみ込むと、夢中で辺りの草を引き抜き始めた。

「おちよさん」

おたつが声を掛けるが、おちよは無言で、憑かれたような顔つきをして、爪を立て、草を引っ張り、廻りから雑草を抜いていく。瞬く間に、おちよの指は草で切れて血が滲んだ。

まもなく、鍋の蓋《ふた》ほどの石が現れた。

「おっかさん……おっかさん……」

おちよは、石の上に顔を埋めて泣き崩れた。

その背中に細雨が降り注ぐ。

──やっと会えたのだ……。

おたつは、ゆっくりとおちよに近づくと、傘を着せかけて見守った。

朝顔

一

――やはり、掏《す》られたのか……。

おたつは愕然として万年橋の上で立ち止まり、今歩いて来た西袂を振り返った。

万年橋から富ヶ岡八幡宮の鳥居まで二往復、ずっと下を向き、どこかに鼻紙差し（財布）を落としていないか、まるで野良犬が餌を探しているように歩いてみたが、失せ物は見つからなかった。

鼻紙差しは綴錦《つづれにしき》、今のおたつには不釣り合いな代物だが、この長屋暮らしを始める以前に拵えた物で、いろいろ大事な品を入れて持ち歩く事が出来るよう工夫してある。

だからずっと重宝していて、今日はその中に、八幡宮近くの松平阿波守下屋敷の通行手形と、門前町の住民に貸し付けた証文三通が挟んであった。

むろん鼻紙差しには、一両小判と二朱と銭が少々入れてあったが、商いの金は手提げ袋に入れてあるから、集めた金を落とした訳では無い。

おたつが泡を食って探し歩いているのは、松平阿波守下屋敷に入るための通行手形と証文だった。

鼻紙差しや金は失っても諦められるが、通行手形と証文を無くしてしまったら大変なことになる。

拾われて悪用されるという事も考えなければならない。そうなると、おたつはただではすまないという事だ。

——やはり自分にはこの商い、歳を考えれば、荷が重いということか。

私とした事が、懐の物が無くなったことに気付かないとは……おたつは愕然とした。

だがすぐに、おたつは気持ちを切り替えた。

息を整えたら、もう一度これまでの道筋を探してみよう。それでも見つからなければ覚悟を決める。

おたつが、大きく息をついて橋の西袂に顔を向けたその時、

「おばあさん」

男の子が西袂から駆けて来た。まだ七、八歳の、薄汚れた衣類をまとった少年だ

った。

「おばあさんて、わたしの事かい……」

おたつは、むっとして訊き返した。

確かにおたつは六十近い歳だ。婆さんには間違いないが、他人に「おばあさん」などと呼ばれると、内心は面白くない。

ただ近頃では、やたら赤子や幼児を目の当たりにすると、目が細くなり顔が綻ぶ。

「いくちゅになったの？」

などと幼児言葉で尋ねてみたりする。そしてその子が、指で二つとか三つとか応えてくれると、一瞬だが幸せを感じてしまう。

ところがすぐに、虚しい気持ちに襲われる。普通の女の幸せを摑めなかった自分の人生を振り返えることになるからだ。

「これ、おばあさんが落とした物だろ？」

なんと少年は、おたつが落とした鼻紙差しを突き出したのだ。

「これ、どこに！……探してたんだよ」

おたつは、受け取った鼻紙差しを開いて、慌てて通行手形と証文があるか確かめた。

——あった……。

おたつは、ほっと胸をなで下ろす。

小判は無くなっていたが、手形と証文さえ戻ってくればそれでいい。

「よかった、ありがとう、助かったよ」

喜ぶおたつの耳に、くうんと少年の腹が鳴るのが聞こえた。

「じゃ、渡したよ」

引き返そうとした少年に、

「ちょっと待って……お礼に、あそこのどんぶりうなぎでもご馳走したいんだがねどうだい？」

少年の顔を覗いた。

「いいのかい？」

少年は訊き返してきた。よく見れば利発そうな涼しい目をしている。

「いいとも、あたしもお腹が空いていたんだ」

おたつは早速、どんぶりうなぎ飯の看板が掛かっている、与七の腰掛け店に入った。

「いらっしゃ……」

と言った与七の顔が、少年を見て一瞬驚いた様子だったが、おたつが、

「この子がね、失せ物を探してくれたんだよ。お礼にうなぎを食べさせてやりたいと思ってね」

そう言ったものだから与七も、

「おたつさんも気をつけなくちゃあ、いつもいつも手元に戻ってくるとは限らねえぜ」

与七は苦笑した。

「ささ、そこに、おすわり。ここのうなぎは美味しいよ。一杯お食べ。そうだ、名前を聞いてなかったね」

店の中を物珍しそうにきょろきょろ見回している少年に訊いた。

「おいらの名前……又吉《またきち》っていうんだ」

少年は、はきはきと言った。

「又吉か……いくつなんだい？」

「七歳」

「そうかい、七歳ねえ……」

孫もいないおたつにはピンとこない。聞き出して初めて子供の歳を知るのだ。

「おいらは早く大人になりたいんだ。でも歳はひとつずつしかとる事が出来ねえ」

「どうしてそんなに早く大人になりたいんだい」

「……」

おたつにじっと見詰められて、又吉は俯いた。ついよけいなことをしゃべっちまったという顔だ。

「いいよいいよ、話したくなけりゃあ話さなくてもいいんだ。ほら、うなぎが来た。さあ、お食べ、お腹が空いているんだろ」

おたつは、又吉を促した。

又吉は、こくりと頷くと、どんぶりを取り上げて、喉を鳴らしながら食らいついた。

おたつは食べるのも忘れ、目を細めて孫のような年頃の又吉の食べっぷりを見詰めた。

だが又吉は、半分ほど食べ終わると、

「これ、持って帰ってもいいかい……おとっつぁんに食べさせてやりたいんだ……おいらも、おとっつぁんも、こんなうめえうなぎは食べたことがねえ。病気で寝たきりのおとっつぁんも、これを食べたら元気になるかもしれねえだろ」

真剣な顔で訊く。

「そうかい、又吉のおとっつぁんは病気で臥せっているのかい。又吉、それはお前が全部お食べ。おとっつぁんの分は、今頼んであげるから、それを持ち帰ればいい」

おたつは言った。

「ほんとに、いいの……」

又吉は嬉しそうな声を上げたが、おたつを見詰めたその双眸に涙が膨れあがった。

「いいんだよ、お礼なんだから……」

おたつは、又吉の父親の分も与七に作らせると、又吉の手に握らせた。

又吉は、ぺこりと頭を下げると、一目散に駆けて行った。

「おたつさん、あの小僧は、悪ガキですぜ」

又吉を見送るおたつに、与七が近づいて来た。その目は又吉が懸命に走っていく背をとらえている。

「知っているのかい、あの子のこと」

「いや、親父さんが病気だなんて事は初めて聞いたが、あいつはあの歳で巾着切りだ」

「まさか……」

驚いて与七の顔を見た。すると、

「あの子に掏られたと気付いた男に、殴られているのを見たことがある。あの子は八幡宮あたりで人混みに紛れて巾着切りや置き引きをやってるんだ。おたつさんもあいつにやられたんじゃねえのか」

「もしそうなら、わざわざ紙入れを返しに来るかね」

「手形や証文は子供には無用なものだ。そしらぬ顔でおたつさんに返してやれば、駄賃のひとつもくれるかもしれねえ。そう思ったにちげえねえ。実際あいつは、うなぎを親父の分までせしめたんだ」

与七は苦笑する。

「いつもの与七さんじゃないね、そういう言い方は……」

おたつは、自分の甘さを指摘されて、ちょっぴり不満だ。

「おたつさんの方こそ、いつもの青茶婆らしくもないね」

与七は笑って調理場に戻っていく。

おたつはその背に言った。

「あんたも見ただろ……あの子の涙は嘘じゃなかった、あたしはそう思いたいね」

失せ物探しで思わぬ時間を取られたおたつが、長屋に戻ったのは七つを過ぎていた。

「おたつさん、遅かったじゃないか」

木戸を入るとすぐに、大家が家から出て来て言った。

「庄兵衛さん、あたしゃ忙しいんですよ。まさか庄兵衛さんは、私を監視してるのかね」

「まさか、何故私がおたつさんを監視しなきゃあいけないのかね」

「いい年していても、男は女に目が無いからね。私にホの字って事もあるだろうからさ」

「冗談じゃありませんよ。それほど私は物好きではありません」

庄兵衛は笑った。

二人が言い合っている所に、庄兵衛の家から三十前後の男が出て来た。

「ああ、忘れていました。おたつさんのお客さんだよ。あんたの家で待って貰おうと思ったんだけど、ときが噛みつきそうだから、うちで待って貰っていたんだ。ついでに私は胃の腑の具合を診てもらいました」

庄兵衛は言う。

「胃の腑の具合を……」

怪訝な顔で男を見たおたつに、

「私は医者の田中道喜《たなかどうき》といいます。自分で言うのもなんですが、医術はひととおり習得したつもりなんですが、患者に恵まれず日々の暮らしにも事欠く有様」

道喜は困り果てた顔で訴える。

「つまりお金を貸してほしいという事ですね。ここではなんだから」

おたつは自分の長屋に連れ帰ると、

「いくら貸してほしいんだい」

上がり框に腰を据えた男に訊いた。

「一両……お願いいたします」

俯いて縮こまって告げた。その顔にも首にも冷や汗が光っている。

その様子を、おたつはまじまじと眺めると、

「医術をひととおりおさめたという人が、そんなに自信のない、卑屈な態度でどうするんだい。お前さんのその姿を見ただけで、頼りなくて診て貰う患者なんていませんよ」

おたつは、文箱を引き寄せると、その中から扇子ひとつ取りだして道喜の膝前に置いた。

「さあ、それで冷や汗を鎮めなさい」

「すみません」

道喜は、扇子を手に取って開いた。

白い扇子に朝顔の蔓《つる》が伸び、蔓にはみずみずしい青い葉と、蕾《つぼみ》がひとつ、それに青紫の花が一輪凜然として咲いている。

道喜は、ぱたぱたと胸元をあおいだ。

「そんな使い方をしては駄目だね、ゆったりとあおぎなさい。ゆったりもいろいろあるけど、ふんぞり返って偉そうにというんじゃない。心にゆとりをもって、優しい気持ちで……なんでもない仕草だけど、扇子ひとつの使い方で、相手に与える印象が決まってくる。それに、自分の気持ちだって整えられる」

おたつは言った
道喜は上目遣いにおたつを見て、言われた通り、今度はゆっくりと扇子を使った。

道喜の表情に、落ち着きが見えてきた。道喜も気付いたらしく、納得した顔で小さく頷くと恥ずかしそうな笑みをおたつに見せた。

「その扇子はお前さんに上げます。人様からいただいたものなんだけど、私には分不相応なものだ、医者のあんたの方がふさわしい。自信が無くなった時には、その扇子を手にとってみるがいい」

「ありがとうございます」

道喜は、恐縮しきりだ。

「いいかい…あんたは医者だ。医者が頼りない態度では患者は心細い。患者は医者が頼りだからね。たとえ難しい病でも、医者が大丈夫だと言えば、その言葉を信じて病も治ってしまうことだってあるんだから」

「確かにそうかもしれません」

道喜は素直に頷くと、

「どう見ても藪《やぶ》なのに、あちらこちらの商家から引っ張りだこの医者がおります。しかも名医だという噂が広がり、どこかのお大名の御殿医になった人だって知っています。いったい、どうすれば、そんな人気者の医者になれるのかと悩んできました」

道喜は思案の顔で言う。

「どうすれば医者として立つことができるのか、とっかかりが分からないんだね」

「はい。『医は仁術なり、人を救ふを以て志とすべし』その言葉を肝に銘じているのですが」

「金が無くては、それも出来ない」

おたつは苦笑する。

「その通りです。自分が食うことでせいいっぱいで、医は仁術どころか、高額な薬礼を懐にするなど夢のまた夢、今の私は人助けどころじゃないんです。おたつさん、教えていただけませんか。どうすれば患者が私を必要としてくれるのか……」

「答えはひとつしかないね」

おたつはすぐさま言った。

「えっ、何か手立てがあるのですか」

「長屋暮らしなんだね」

じろりと見る。

「はい、そうです」

「だったら、軒看板に、こう書くんだ。『煎薬一服十六文』と」

「えっ、それって蕎麦一杯の値段ですね」

道喜は驚く。

「そうだよ、蕎麦一杯の値段が、お前さんが行う診察の値打ちだってことだ。もともと薬礼は、患者が心付けとして渡すものだ。値段があってないようなものだろ」

「はあ……」

道喜は、弱々しく頷く。

「医は仁術っていっても、患者がいなくちゃ自分が食べていけないんだから、蕎麦一杯分でもほしいところだ。違うかい、お前さんは蕎麦一杯分も稼げないから、あたしにお金を借りにきたんだろ」

「はい」

道喜は小さく返事をする。

「患者はね、十六文で診てくれると知ったら、きっとやってくるから」

「……」

道喜は半信半疑の顔だ。

「いいかい、まだ納得がいかないようだけど、一日に三人の患者がきてくれれば、あんたは飢え死にすることはないんだ」

「でもそれじゃあ、十六文医者だ、藪だと馬鹿にされるんじゃないでしょうか」

「馬鹿にされたっていいんだよ。貧しい者は、藪にだってすがりたい。だが薬礼の事を考えたら医者にはかかれないと思っている人は大勢いるんだ。それが蕎麦一杯で診てくれると知ったら、きっと頼む。そしてね、あんたの腕が本当かどうか私には分からないけど、本当に腕が確かなら、あんたに診てもらった人が、あの先生は腕は確かなのに薬礼は十六文しかとらないと……そんな噂が広まることになる。するといいかね、御殿医がどうのこうのと先のことを考える前に、まず足もとを見詰めることだ。あんたを頼る一人一人の貧乏な患者が、十人になり百人になり、そして千人になった時に、あんたは初めて立派な医者として世間に認めてもらえるようになるんだよ。そうなれば大店からもお呼びがかかるし、高価な薬礼も夢じゃない。そこで初めて、本当に貧しい人を薬礼なしで診て上げることが出来る」

「なるほど……」

道喜の心は動いたようだ。顔に血の気がくっきりと差している。

「私もお金を貸すんだから、とりっぱぐれると困るんだからね。私のいう通りにやってもらいたいものだ」

おたつは言った。

「約束します。今の私は、どんな事でもやってみなければと考えています。実は先日、この長屋に住む野菜売りが、うちの長屋には、なにかと相談にのってくれる金貸しのおたつさんて人がいる、その人に話してみてはと教えてくれたものですから、恥を忍んでやってきたんですが、来てよかった、お礼を申します」

道喜は頭を下げた。

——また弥之助か……余計なことを。

おたつは内心ではそう思いながらも、

「じゃ、期限はきっちりと守って貰いますよ」

道喜の前に、ぴかりと光る一両小判を置いた。

二

「とき、お前も大変だな。よしよし、後で散歩に連れてってやるから、待ってな」

外で弥之助の声が聞こえる。

今商いから帰ってきたのかと、おたつが聞き耳を立てていると、「おたつさん、いるかい」

弥之助が血色の良い顔を綻ばせて入って来た。

「珍しいことだね、近頃烏金は無用のようだね弥之助さん」

おたつは、調べていた大福帳から顔を上げると、からかい半分に弥之助に言った。

「おたつさんのお陰さ」

弥之助は、威勢良く上がり框に腰を据えた。

「へえ、私が何をしたというんだね」

「おたつさんが、ほら、丹波屋のおちよさんにはいろいろと手をつくしてくれただろ。あっしも丹波屋の旦那が生死をさまよっている時には、おちよさんと一緒に旦那を見守った。まあそれも、おたつさんの采配だった訳なんだが、あれ以来、丹波屋には随分と贔屓にしてもらってるんだ。野菜だって、毎日たくさん買ってくれるし、知り合いも紹介してくれる。お客は増える一方で、今はいくら仕入れても全部売り切れるんだ。おたつさんには足を向けて寝られねえ」

「随分お前さんも口がうまくなったもんだ」

おたつは笑った。近頃の弥之助のめざましい働きには、おたつも驚いている。

「それはそうと、おちよさんは元気かい……」

おたつは訊いた。

主の七兵衛を亡き者にし、店を乗っ取ろうとしていた番頭と妾のおさきは、あのあと死罪となってこの世の者では無くなっている。

だがおたつは、あれ以来丹波屋には出向いていない。

元気になった七兵衛がおちよと一緒に挨拶に来てくれたし、その後も手代が醤油を届けてくれたりして、店も繁盛していると聞いているが、おちよの事はやはり気になる。

「へい、旦那と手を取り合って頑張っているようですぜ。そうそう、お腹に赤ちゃんが出来たとか言っていたな」

「へえ、そりゃあめでたい」

「おっと、今日の話はそれじゃねえんで」

弥之助はくすくす笑った。

「なんなんだよ、気持ち悪いね」

「これが笑わずにはいられるかってんの。おたつさんは十日ほど前だけど、医者の道喜さんに活を入れただろ」

「ああ、一見してふがいない男に見えたからね。お前さんが私を紹介したらしいじゃないか」

「だって野菜を売りに行ったら、お先真っ暗だなんて泣き言を聞かされてよ。それでおたつさんなら何とか手を貸してくれるかもしれねえって思ったんだ」

「まったく、あんたは余計なことばっかり持ち込むんだから」

「まあまあ、でね。その道喜先生だが、軒に『一服十六文』の看板を掛けたんだ。そしたらなんと、近頃では結構お客があるって喜んでいやしたぜ。今日も寄ってきたんだ」

「しっかり稼いでもらわないとね」

「いやはや、あっしは驚いてるのよ。おたつさんの神力をさ」

「神力なんてあるものか」

おたつは笑った。

「あるって」

「ったく、そんな事を言って、また変な人を送りこんでもらいたくないね」

「そんなこと言わないでくれよ。医者だって、あっちこっちに往診に行くだろ、そしたら、おたつさんが探している吉次朗さんの話を拾ってくるかもしれないじゃないか」

弥之助は言い、ときをこれから散歩させてくるからと外に出て行った。

するとい入れ代わりに、元岡っ引の岩五郎がやって来た。

「少し気になる話を聞いたんだが……」

岩五郎は上がり框に腰を据えると、神妙な顔でおたつを見た。

「何か分かったんだね」

おたつの顔もつい硬くなる。

「うちのお客に、半兵衛《はんべえ》という大工がいるのだが、その男は手広く御府内の仕事を請け負っていてね、支店があちこちにある。お客も武家屋敷から商人まで実に幅広い得意先を持っている。その男が、昨夜あっしに話をしてくれたんだが、その話の中に、吉次朗って名前が出たんだ」

おたつは神妙な顔で頷くと、

「それで、何処に住んでいるんですか」

おたつは気が焦る。

「まあまあ、おたつさん。順番に話をするから聞いてくれないか」

岩五郎は、手を振っておたつを鎮め、

「半兵衛さんという人は、御府内に支店を持つ力のある大工の棟梁だ。それぞれの支店で仕事はとってくるんだが、支店で請け負った仕事は、その支店の周辺に住む大工にも仕事を一部任せてやることがあるというのだ……」

大工の棟梁は大概、自分の息の掛かった大工だけで普請をするが、半兵衛は仕事にあぶれている大工にも手をさしのべてやっている。当然棟梁としての人気も高く、特に若い出職の大工は、半兵衛の仕事を頼ってくる。

この度はさる旗本が持っている町屋を立て直し、隠居屋敷を建てる仕事だったのだが、やって来た大工の中に見習いの若いのがいた。

まだ大工としては未熟で、下働きをさせていたのだが、字の読み書きは大工の誰もたちうちできない程のもので、仕事を教えれば飲み込みも早い。口数は少ないが目端も利く。

半兵衛は気に入って、自分の所に弟子入りしないかと誘ってみたが、母親が病に臥せっていて出来ないのだと断って来た。

その若い男の名が、キチジロウだったと半兵衛は言ったのだ。

「岩五郎さん、そのきちじろうさんの歳はいくつぐらいだと……」

おたつはそこまで話を聞くと、畳みかけるように訊いた。

「十七、八だろうと言っていたな」

「十七、八……」

おたつは息を呑む。

「おたつさんの探している人も、それぐらいの年頃だったたな」

「そうです。で、所は分かっているんだね」

「深川です。行ってみますか、お供しますぜ」

岩五郎は言った。


翌日二人は、今川町の裏店に向かった。

旗本の隠居屋敷は、大川を見渡せる佐賀町に普請していたのだが、キチジロウが暮らしているのは今川町の裏店だと聞いていたのだ。

「ここだな」

岩五郎は木戸の庇を仰ぎ見て、路地に入った。

「キチジロウさんの家はどこかね」

長屋の表にいた女房に尋ねると、

「引っ越しましたよ、そこの家だったんだけどね」

女房は言った。

「何時引っ越したんですか」

おたつが訊いた。

「五日前だったか、慌ててね」

おたつは肩を落とした。今度は本当におたつが探している吉次朗かもしれないと期待を持っていたからだ。

「なぜ、そんなに慌てて引っ越しを……」

岩五郎が訊く。

「妙な人が訪ねてきたんだよ。商人のなりはしていたけど目が鋭くってね。キチジロウという人の住まいはここなのかって」

女房は怯えた顔で言う。

「名乗らなかったんだね、その人は自分が誰だか？」

おたつが訪ねると、女房は大きく頷き、

「怪しいから私も嘘をついてやったんだ。おっかさんも吉さんも出かけているって、知り合いの葬式に行ったから今日は帰ってこないんじゃないかと言ってやったんだ……」

　そうしたらその商人は、諦めて帰って行った。

　女房は慌てて、キチジロウの家に飛び込むと、臥せっている母親のおえいに、今あった事を伝え、心当たりがあるのかと訊いてみた。

　万が一知り合いだったら、余計なことをした事になる。だがおえいは、

「そんな人に知り合いはいない。ありがとう、追い返していただいて助かりました。そう言ったんですよ。引っ越したのは翌日でした。鳥が飛び発つように出て行ったんです」

　女房はそう言って、何かあるのに違いない。やっぱり、あの恐ろしい目をした商人と、おえい母子は何かよからぬ繫がりがあったのではないかと、母子が引っ越して行ったあとで思ったものだと女房は言った。

「おっかさんは、おえいさんと言ったんだね。お福《ふく》さんではなかったんだね」

　おたつの問いに、女房は首を横に振って否定した。

「何処で生まれたのか、ここに来るまで何をしていたのか、聞いたことはありませ

んか」

「何も昔のことは話さなかったからね」

女房はいろいろ訊かれて困惑気味だ。

「すると何かな、キチジロウさんが手間取りの仕事をして暮らしていたんだな」

「おえいさんが病の床についてからだよ、それは……それまでは、おえいさんの内職で食べていたんだから」

女房の話によれば、母親のおえいは、大伝馬町の呉服問屋から仕立の仕事を貰っていたらしいというのであった。

「その呉服屋の名は？」

おたつが訊いたが、これも女房には分からないということだった。

「なんだったら大家さんに訊けば分かるんじゃないかしらね」

女房は気の毒そうな顔をして、大家は表通りで小間物問屋を営む『春日屋《かすがや》』の主で名を和兵衛《わへえ》という者だと教えてくれた。

二人は踵を返して表通りに出た。

春日屋はすぐに分かった、木戸口から二軒目に暖簾が見えた。

訪《おとな》いを入れ、出て来た手代に用件を申し入れると、すぐに主の和兵衛が出て来た。

「おえいさん親子のことをお聞きしたいのですが……」

おたつは、和兵衛の顔を見詰めた。

和兵衛はしかし口を開かなかった。しばらく考えたのち、

「あなたさまもご存じだと思いますが、大家は人別を確かめた上で長屋に入ってもらっています。そりゃあいろんな人がおりますよ。しかし間違いのない人をと私の目で見て入ってもらっている訳です。また、入るに当たっては、本人にもいろいろとお聞きします。ここに来るまでは何処に住んでいたのか、この御府内に縁戚はいるのかとか、家賃が滞っては困りますし、何かに巻き込まれてお役人に説明しなければならない時もございますし、実際、お役所には人別改めの帳面を提出しなければなりません。その人のこれまでの人生がそれを見れば分かるからです。だからこそ、それを他人に容易に見せたり、しゃべったりしては大家の責が問われます。せっかくお訪ね下さって申し訳ありませんが、お引き取り下さいませ」

和兵衛は丁寧に断りを入れた。

「よくおっしゃる事は分かります。ただ私は、恩ある人に頼まれて吉次朗という人

を探し出さなければなりません。決して怪しい者ではございません」

　おたつは食いさがる。だが、

「あなたさまが怪しい者じゃないと、どうして分かりますか。拝見したところ、どちらかのご隠居さまだと存じますが、信じて下さいの言葉だけで、はい、そうですかという訳にはいかないのです」

　和兵衛は頑として聞き入れてくれそうもない。

「しょうがねえ、おたつさん、いったん引き上げて、北町の旦那にでも相談なさって出直すことだ」

　岩五郎は、この頑固者、といわんばかりの視線を和兵衛に送り、おたつの袖を引っ張った。

　だがその時だった。店の前の大通りで、男の怒声が聞こえてきた。

「小僧、もう許せねえ、番屋に突き出してやる！」

「放せよ、放してくれよ、もうしないよ！」

　すると鳴き声にも似た叫び声が聞こえてきた。

「あの声は、又吉……又吉だ！」

おたつは表に飛び出した。

「助けてくれよ、誰か助けて！」

おたつの目に飛び込んできたのは、中年の目の大きな男に腕を捕まえられて引きずられて来る又吉の姿だった。

それを取り囲むようにして、足を止めて野次馬と化した大勢の男女が、ぞろぞろついてくる。

「又吉！」

おたつは、中年の男の前に飛び出した。

「あっ、おたつさん、助けておくれよ」

又吉は、泣きじゃくりながら助けを求める。

「こんな、まだ子供なのに、少し乱暴じゃないのかね」

おたつは目の大きな男に言った。

「あんたはこの子のなんなんだ」

目の大きな男は、ぎょろりとした目で訊いてきた。

「知り合いだけど、いったいこの子が何をしたっていうんだね」

「盗みだよ、餅菓子三つ」

目の大きな男は、自分の懐から、潰れた餅菓子三つを取り出して見せる。

「又吉、お前、本当に盗みをしたのかい」

険しい顔でおたつが尋ねる。

「……」

又吉は下を向いた。

「又吉！」

おたつは又吉の顔を、自分の方に向けたが、はっとなった。

涙で濡れた又吉の目が、挑戦するように睨んでいる。

「又吉……」

虚を突かれたおたつに、又吉は言った。

「仕方なかったんだよ。おっとうの病が重くなって、何にも食べねえんだ。せめて大好きだった餅菓子でも食べれば元気になるかもしれねえって……」

「嘘をつくな！」

目の大きな男は、又吉の頭を、ばつんと殴った。

「乱暴はおよしよ」

おたつは男の腕を取った。

「婆さん、口出しをするんなら代金を払ってくれるんですかい。そうでないのなら退いてくんな。これから番屋に連れて行くんだ」

「払えば自由にしてやってくれるんだね」

おたつは急いで財布から銭を取り出し、目の大きな男の手に握らせた。

「ふん、お目こぼしは今回限りだ。坊主、覚えておくんだな。またやったら今度は許さねえ」

目の大きな男は捨て台詞を吐き、引き返して行った。

又吉は、突っ立ったまま俯いている。

「こっちにおいで」

おたつが又吉の袖をとらえて通りの端に引っ張っていったところで、野次馬たちの輪が解けていった。

それを見定めてから、腰を落として又吉に言った。

「あたしはね、お前の悪い噂を知らない訳じゃないんだ。知っていたけど、先だってお前が見せた親思いの殊勝な顔に、あたしは賭けていたんだ。あの子は根っからの悪い子じゃないってね。それなのにこんな事をして……」

又吉は返事もせずに口を引き結んでいる。

「又吉、聞いているのかい！」

おたつは、又吉の腕を摑んで揺すぶるが、又吉はおたつの顔を見ようともしない。

「ぼうず……」

それまで見守っていた岩五郎が言う。

「おたつさんの言う通りだ。巾着切りは最後には死罪になるって事を知っているか……それも若いうちにだ……病気のおとっつぁんがいるらしいが悲しむぞ。俺は岡っ引をやってた人間だ、嘘はつかねえ」

又吉はしゃくりあげて泣き始めた。

「もうしないよ、約束するよ」

切れ切れに又吉は言う。

父親が病に臥せっていれば、親子が食うに困っているのは説明せずとも分かる事だし、いずれ今の約束も直ぐに破られるに違いない。そうしなければ生きていかれぬ事もおたつにも想像できる。だが今は信じてやりたいとおたつは思った。

「おとっつぁんの病は何なんだい……」

おたつは訊いた。

「分からねえ、胃の腑が痛んで何も喉を通らないんだ」

「お粥も食べられないいんだね」

「米がねえ」

又吉は呟くように言う。

「そうか……医者にも診てもらってないいんだね」

言わなくても察しがつく話だが、おたつは溜息交じりに訊いた。

又吉は哀しそうな顔で頷いた。

「分かった、お前の家はこの近くなのかい……おとっつぁんの名前は？」

「堀川町の裏店、おとっつぁんの名は時蔵《ときぞう》」

又吉はぼそっと告げる。

「分かった。いいかい、お前は家に帰って待っていておくれ。今日のうちには必ず医者を連れて行くから、いいね」

おたつは落としていた腰を上げて立ち上がった。そして岩五郎に言った。

「岩さんも、すまないが手助けしておくれよ」

三

おたつはその日の昼過ぎには、岩五郎と道喜を連れて、深川堀川町の裏店を訪ねていた。

おたつが道喜に頼みたいことがあると言っている、と告げたのは岩五郎だった。しかも岩五郎の女房おしなは、粥を炊き、握り飯もつくり、お客に出すお菜も折に詰めて岩五郎に持たせてくれている。

又吉親子の住む長屋は随分古かった。路地の水はけも悪く、じめじめしていた。だが、そんな長屋にも子供がいて、数人がしゃがみこんで遊んでいた。着ている物も継《つ》ぎが当たった粗末な物だが、子供たちに暗さはない。

「又吉の家はどこだね」

おたつが子供たちに尋ねると、

「あっち」

一人の子供が、むこうの長屋の戸を差した。

戸を開けると、火の気の無い家の中で、茶色になり毛羽だった畳の上にせんべいふとんを敷き、臥せっている父親と、その父親の側で肩を落として見守る又吉の姿があった。

「又吉、上がらせてもらうよ」

おたつたちは上にあがって父親の顔を覗いた。

月代も口ひげも伸び、青白い顔で父親は眠っている。

「おとっつぁん、お医者が来てくれたよ」

又吉が嬉しそうな声を上げると、父親は弱々しい目を開けて、

「も、もったいねえです」

震える手を伸ばして拝んだ。

「時蔵さんだったね。又吉坊のためにも元気にならないとね。有名な先生だから、すぐに良くなるから」

おたつは言う。

道喜は、照れくさそうに笑ったが、直ぐに真剣な顔で時蔵の脈を診、舌を診、着物を割って腹を探る。

時蔵の顔が痛みのため時折歪む。

次第に道喜の表情が険しくなって行く。やがて道喜は診察を終えると、こう言った。

「医者に一度も診せたことはないのだな。なかなか難しい病気のようだ。痛み止めの丸薬と胃の腑の薬は持参してきているから直ぐに飲むといい。ただ、いくら薬を飲んでも物を食べなくては……これ以上の衰弱は危険ですぞ」

時蔵は素直な顔で頷くと、

「先生、あっしの命、そう長くはねえんですね」

表情の無い顔で訊く。

「諦めるのはまだ早い。そのために治療するんだからな」

道喜は答えに困ってそう言った。すると、

「あっしには分かっています、もう終わりが近いってことを……ただ、一度も医者に診て貰うことも出来ずに命を終えるのかと思っておりやしたが、おたつさんのお陰で、こうして先生に脈を取ってもらいやした……ありがてえことです」

時蔵の声は、涙声になる。

「弱気なことばかり言って、又吉が心配しているじゃないか」

おたつは、部屋の隅っこで不安な表情で座る又吉をちらと見て、時蔵を叱った。

「その又吉のことだが、おたつさん、あっしが死んだあとはどこかに奉公できるように力を貸しちゃあもらえませんか」

「又吉はまだ十にもなっていないじゃないか」

「今年で八歳になりやした。奉公に出すには少し早いが、あいつはあの歳で俺と違って読み書きも達者だ。末はいい商人になると楽しみにしていたんでさ」

時蔵はそう言うと、おたつに小声で、

「それと、又吉には内緒の話が……」

ちらと又吉に視線をやる。

おたつは頷き、道喜を見た。道喜は立ち上がると、

「又吉、おとっつぁんの薬を取りにきてくれ。これだけでは三日分しかないから

な」

又吉を誘って外に出て行った。

「さあ、まずは薬を飲んでから話せばいい」

岩五郎が時蔵を抱え起こして薬を飲ませる。

時蔵は激しく咳き込んでかがみ込むが、咳が治まると、決心をした顔でおたつを見た。

おたつと岩五郎の三人になった部屋で、

「おたつさん、又吉は、あっしの倅ではねえんです」

時蔵は神妙な顔で言った。

おたつは驚いたが、静かに頷くと、時蔵を背後から支えるようにして座っている岩五郎と顔を見合わせた。

「三年前に亡くなった女房との間に男の子が一人生まれておりましたが、八年前、上方から江戸に戻る途中で風邪をこじらせて亡くしてしまいやした……」

時蔵は出職の大工だった。

大坂城の普請で三年間大坂に暮らすうちに所帯を持ち、江戸に戻る三月前に子供が生まれた。

ところがその子が風邪をこじらせて亡くなった。

女房の嘆きはたとえようもなく、時蔵は大坂を離れることで女房の悲しみを和らげようとしたのである。

手当は十分に貰っている。江戸で暮らしをたてなおそうと時蔵夫婦が藤沢の宿まで戻って来た時だった。

宿泊した宿屋に長逗留している若い夫婦に男の赤ちゃんが生まれた。

ところが母親が衰弱して乳も出ないという話を聞き、時蔵の女房は乳の提供を名乗り出た。

赤子を亡くしてから乳房が張って、毎日泣きながら乳を捨てていたのだ。

その日から女房は、人の赤子とはいえ、赤子を胸に抱いて乳をやる事で、心が癒やされていっているのが良く分かった。

乳をやりながら赤子を見る目は、まるで我が子の顔を眺めるようで、時蔵もほっとしたものだ。

——この様子では、藤沢を発てないな。

女房を赤子から引き離せば、再び嘆きの淵に突き落とすことになると時蔵は思った。

また、若い夫婦も産後の肥立ちが良くないようで困っている様子だった。

そんなある日、時蔵は若い夫婦の亭主の方から相談を持ちかけられた。

亭主は、自分たちも江戸に向かうつもりだが、妻があの様子では、しばらくここを動くことも出来ない。

医者からは命が危ないと言われていて、万が一の事があれば、赤子を育てるのも難しくなる。

持参していた金も底をついて、妻を医者に診せるのさえ困難になり途方にくれていたところである。

神のご加護か、偶然時蔵さんご夫婦にお力をいただいて、赤子も元気で育っている。

どうだろうか、そちらさえ良ければ、赤子を貰ってくれないだろうかと、泣きながら時蔵に頼んできた。

時蔵はふたつ返事で赤子を貰い受けた。これも何かの縁だと思った。

時蔵は、三両を包んで見舞金として亭主に手渡し、赤子を抱いて宿を出発したのであった。

「又吉という名は、あっしと女房で付けた名前です。死ぬまでに又吉の出生を誰かに伝えなければとずっと思って参りやした。この先又吉が実の親に会えればと、そう願って……」

時蔵は嗚咽を漏らした。

その時だった。表から鳴き声が聞こえてきた。

「又吉……」

時蔵が呟いた。

おたつは立ち上がって土間に下り、戸を開けた。

又吉が、しゃがみ込んで泣いていた。

「又吉……」

又吉の両肩を抱えるようにして立たせると、木戸の方から道喜が走って来た。

「又吉……いなくなったと思ったら、やっぱり戻っていたのか」

道喜は言い、おたつに申し訳ないという顔をした。

その時だった。又吉はおたつの手をするりと抜けて家の中に入って行った。

又吉は、草履を脱ぎ捨てて上に上がると、脇に下ろした両手で拳を作って父親に訴えた。

「おとっつぁん、おいら、誰の子でもねえ、おとっつぁんの子だ。死なないでくれ……おいら、おいら、おとっつぁんが死んだら、死んだら」

そう言うと、時蔵の枕元に走って来てしがみついて泣きだした。

「又吉、万が一の話だ」

時蔵は又吉の頭を優しく撫でる。

「万が一なんて、いやだ！」

「ありがとよ、又吉。おめえには、うんとうめえものを食べさせて、楽しい思いをさせてやりたいと思ってたのに、このざまだ。すまねえなあ……」

「うめえもんなんか食いたくねえ。おいらは、おとっつぁんと暮らしたいんだ。おいらも頑張るからよ、今度こそドジは踏まねえ、大金をかっぱらってきてやる。その金で人参を買うんだ。人参ならどんな病も治るんだぜ、おとっつぁん」

又吉の必死の言葉に、おたつたちは胸を痛めた。

四

おたつは言った。

おたつに借りた金の返済に道喜はやって来た。

「随分忙しくなったそうじゃないか」

おたつは言った。

「おたつさんのお陰です。軒に一服十六文の看板を掛けたとたんに、あっちこっちから声が掛かるようになり、今では大店にも呼ばれて行くことがございまして」

「結構なことだね。医者の人気なんてものは腕ばかりじゃ駄目だ。心から患者によりそってやる姿勢が大切なんだよ。病気なんてものは、患者の気持ちのもちようで重くもなり、軽くもなる。高額な薬礼を貰うことばかり考えていては、患者は寄りつきもしない」

「おっしゃる通りです。私も最初は渋々でした。腕の良い自分が、一服十六文とは、最初から藪医者だと言っているようなものじゃないかと思ったのです。ですが、おたつさんにはお金を貸していただかなくてはならない。それで教えていただいた通りにやってみたら、なんとなんと……」

道喜は、おたつから貰った扇子でゆったりと襟元に風を入れる。道喜の仕草には、医者としての自信が見える。

おたつはその姿に内心苦笑し、

「くれぐれも驕《おご》りのないように、一服十六文の気持ちを忘れぬことだ」

「肝に銘じて……」

道喜は大まじめな顔で誓う。

おたつは満足そうに頷くと、道喜に麦湯を出してやる。先ほどまで煮立てていたものだ。

「有り難い、喉が渇いていたところでした」

道喜はうまそうに飲む。

「それはそうと、時蔵さんの容体は変わりないんだね」

おたつも一口喉を濡らしてから訊いた。

「はい、おたつさんから十分に薬礼をいただいておりますので、人参も処方したり、いろいろと手をつくして診ております」

道喜は、時蔵の病は今小康状態だと報告し、又吉が懸命に看病する姿に驚いている様子だった。

おたつは、又吉が再び人の懐を狙ったりしないように、お米だ味噌だ野菜だと長屋に人を使って届けている。

そして長屋の女房たちも、それにつられて、おたつが送る食材で又吉と時蔵の食事を作ってくれているのである。

「おたつさんは不思議な人です」

道喜は、麦湯を飲み終えると苦笑して言った。

「青茶婆として容赦の無い取り立てをしている人が、その一方で一文の得にもならない、いえ、むしろ無理難題を抱え込むことになるかもしれない事に首を突っ込んでしまうんですから……」

「別に好き好んでやってる訳じゃないよ」

おたつも苦笑した。

道喜は頷き、思案の顔で呼吸一つ間を置いてから顔を上げ、聞いてほしい話があるのだと言った。

「まさか診療所でも開くってことで……」

「いえ、お金の話ではありません。三日前に吉原の京町一丁目にある『山城屋《やましろや》』に行ったのです、その時の事でちょっと」

道喜は真剣な顔で言う。

「少しばかり金が入ったら、もう吉原とはね」

おたつは呆れ顔だ。

「誤解しないで下さい。絵双紙本屋の『茂原屋《もばらや》』の若旦那が、若旦那と言っても私より年上なのですが、吉原に付き合え、先生を紹介してやると……それでついて行ったんです……」

若旦那は山城屋になじみの女郎がいて、道喜も一緒に山城屋に上がったのだが、丁度山城屋には女郎が臥せっているので診てやって欲しいということになり、道喜は女郎の脈を診ることになった。

女郎の名は、梅里《うめさと》という留め袖新造だったが、道喜の診たてでは胃の腑の病で、養生すれば案じることはないと思った。

病の原因の多くが心の中にあると感じた道喜は、気の鬱《ふさ》ぎは胃の腑を弱くする、という話をして聞かせた。

臥せっていた部屋は蒸し暑く、道喜は扇子で風を起こしながら話していたのだが、梅里が突然、その扇子を見て驚いた顔をしたのだ。そして、

「先生、その扇子の絵にある落款《らっかん》は、幽仙《ゆうせん》とあるようですが、拝見できないでしょうか」

と訊いてきた。

道喜が渡すと、梅里は、まじまじとその扇子を見て涙を流し始めたのだ。

いったいどうしたのかと道喜が問いかけると、

「先生は、この扇子の絵を描いた人をご存じですか」

と尋ねるのだ。

道喜は梅里の狼狽ぶりに驚きながら、扇子はさる人から貰ったもので、絵を描いた人のことは何も知らないと伝えると、

「ではこの扇子を下さった方と言うのは……」

梅里の目は真剣だ。

「おたつさんという人だが、そのおたつさんも人から貰ったものだと言っていたな」

梅里は道喜の言葉を聞いて失望したようだが、すぐに気を取り直して、

「おたつさんという方は、誰からこの扇子を貰ったのでしょうか……幽仙をご存じなのではないでしょうか」

真剣な目で訊く。

「さあ、それはおたつさんに直接聞いてみないと、私では何も分からん」

道喜は困り切った顔で言った。

すると梅里はほろほろと涙を流し、

「この吉原の女郎でなく、自由の身なら、そのおたつさんをお訪ねすることもできるものを……」

悔しそうに唇を嚙む。

「おたつさん……」

道喜は話し終えると、扇子を帯から抜いて膝前に置き、

「私はついその時、梅里の嘆く様子をかわいそうに思いまして、約束してしまったんです。この扇子をくれたおたつさんという方を連れてくると……」

道喜は、これこの通りですと、おたつに頭を下げた。

おたつは憮然としたまま道喜を見て溜息をつく。

「こちらの都合も聞かずに約束をね……」

「申し訳ない。これも医は仁術のひとつ、おたつさんの教えに沿ったものだとご理解いただいて……その変わり、この願いをきいていただけたら、私もおたつさんが探しておられる、吉次朗さんて人を努めて探すようにいたします、きっと約束を……」

道喜は顔を上げて、おたつの顔を見詰めた。


翌日おたつは、道喜と一緒に吉原の山城屋を訪ねた。

女将はむろん歓迎する筈はない。

「何の話かしらないけど、余計な悪知恵を吹き込むのは、よしとくれよ」

警戒心に満ちた目で、おたつを見た。

「ご心配には及びません。この扇子の絵について、少し話をするだけでございますから……」

おたつが一分金二枚を握らせると、女将はそれで納得したのか梅里の臥す部屋に案内してくれた。

「梅里、この方が私に扇子を下さった方で、おたつさんという人です」

道喜がおたつを紹介すると、

「申し訳ございません。きっといらぬお金をつかわせてしまった事と存じます、お許し下さいませ」

梅里は両手をついて頭を下げた。そして扇子を手に取り、おたつに訪ねた。

「おたつさんは、この扇子に絵付けした人をご存じでしょうか」

「会ったのは一度っきりです。去年、浅草寺でほおずき市が行われていた時です。境内の一画では朝顔の市も立っていましてね、朝顔の大きな市は入谷の鬼子母神が有名ですが、浅草寺でも参拝客のために朝顔の鉢植えを並べて売っているのです。この扇子に絵を描いた人に会ったのはその時です」

「浅草寺で……どうぞ、どうぞその時のことを詳しくお話し下さいませんでしょうか」

おたつは頷いた。梅里の強い視線を感じながら、思い出しながら語った。

「私には探し人がおりましてね、時間があれば、あちらこちらの繁華な場所や寺や神社などを訪ねているんです。一年前のあの日も、ふらりと浅草寺に立ち寄ったのですが……」

境内にはいつもながら大勢の人がやって来ていた。

おたつも目の保養にとばかりに、お参りがてらほおずき市や朝顔市を見て回った。どこをどう巡ったか忘れたが、とある一画の枯れた木の枝の側で、初老の男が扇子に絵筆を走らせているのが目にとまった。

木の枝といってもその幹は太ももの周りほどあり、その幹に手首ほどの小枝がついているのだが、その小枝が地上に接触していて、全体を支えている格好だ。

ところがそこに、土中から立ち上がった一本の朝顔が巻き付いていて、紫紺の凛とした花を咲かせているのである。

何時の日かこぼれ落ちた種が芽を吹き、枯れ木にとりついて蔓を伸ばし、花を咲かせたらしい。変わり朝顔などではなく、古くからある桔梗色の端正な花だった。

初老の男は、賑々しい花の種類ではなく、人知れずひっそりと咲き、枯れ枝に色を添えている一輪の朝顔を写し取ろうとしていたのだ。

花びらはみずみずしかった。そしてその芯は白くぼやけていて、そのぼやけ方が、まるで日の光が芯から外に向かって八方に線状の光を放っているような錯覚を覚えた。

おたつは、初老の男の背後から、肩越しに筆の動きと、花の様子をじっと見詰めていた。

初老の男は絵を描き終わると、扇子の隅に『幽仙』と銘を入れ、大きく息をついてまじまじと扇子を眺めたのち、

「この朝顔の名を、私は『陽光』と名付けました」

後ろを向いて、おたつに笑顔で話しかけたのだ。

「魅入ってしまいました。とても素晴らしい絵です。朝顔もいろいろありますが、その色はいいですね、私も好きです」

ついおたつも、心を弾ませる。

それがきっかけで、二人は境内の水茶屋でお茶を飲み、花談議をしたのだが、幽

仙と扇子に記した初老の男は、大坂の商人だと告げ、今は隠居して倅に店を任せ、時々江戸に出て来、こうして好きな絵を描いているのだと言った。

おたつも、長い間奉公していたところを辞してからは、人探しをしながら、気楽な一人暮らしを送っているのだと告げた。

歳を重ねた初老の男と女だ。しかも一期一会の間柄。相手の話さない事柄にまで踏み込んで尋ねることはお互いにしない。

相手が話してくれた事だけを信じ、こちらも話したい事だけ話す。心地よいひとときを過ごしたのだった。

幽仙は別れ際に、

「いや、楽しかった。おたつさん、これも何かのご縁や、おたつさんが気に入ってくれたこの絵を差し上げたい。貰ってくれますか」

そう言って、おたつに扇子をくれたのだった。

おたつは話し終えると、

「そういう、思い出のある扇子でしたが、道喜先生に自信をもってもらいたくて、思わずさし上げたんです」

梅里は、じっと考えていたが、おたつに訊いた。

「すると、名前は聞いてはいないんですね」

「幽仙という雅号だけです」

「そして、倅に店を任せていると……」

「そのように聞きましたが……」

「何の商いをしていると言っていましたか」

「そこまでは聞きませんでした。幽仙さんも話しませんでしたから」

梅里は小さく溜息をついた。失望の色が深い。

「梅里、どうしたのだ……落胆しているようだが何故だ」

道喜が案じ顔で訊く。

「実は……実はこの扇子にある雅号は、生き別れになっている父親がつかっていたものですから」

と梅里は言う。

道喜とおたつは、驚いて顔を見合わせる。

「でも、息子さんがおられるようですから、やっぱり人違いなんだと思います」

梅里は寂しそうに言った。

「ちょっと待て、梅里、あんたの父親の名は？」

道喜が訊く。

「灘屋《なだや》惣兵衛《そうべえ》……大坂の酒問屋でございます」

「灘屋、惣兵衛……」

おたつは呟いた。

「しかし何故、そのような大店の娘がこんな所にいるのだ」

道喜が尋ねる。納得のいかぬ顔だ。おたつも同じ思いだ。

梅里は、大きく溜息をつくと、

「恥ずかしくて誰にも言えなかったのですが、親の目を盗んで家のお金を持ち出して、私、手代と駆け落ちしたんです」

「何、手代と駆け落ちだと……」

道喜が声を上げた。

「でも、あちこち逃げまわるようにして暮らすうちに、お金はあっという間に底をつき、直《なお》さんは、直さんというのは、駆け落ちした手代のことです。直さんは博打場に通うようになり、多額の借金ができたんです。そんなある日、借金を返済しなければ命を取られる、そう言って帰ってきて、ただお前が奉公に出てくれたら助かるのだといいまして、源《げん》さんという人を連れてきたんです。私はその時には、てっきりどこかの商家にでも奉公するのだろうと考えていたんですが、源さんが連れてきたのは、この吉原だったのです」

　梅里は苦笑してみせた。そしてぽつりと言った。

「身から出た錆です……」

「そうかもしれんが、何故両親に助けを求めなかったのだ……」

　道喜は言った。

「先生、私は両親を裏切った女です。そんな人間が、ここに売られたと言って両親に助けを求めることができるでしょうか」

「しかし」

「神さんが罰を当てたのだと思いました。ここで生き延びることが私の試練だとも思いました。そうして八年がたち、ようやく近頃、年季が明けたら、いの一番に両親に謝りたいと思うようになりました。ほんとに、その一念で過ごしています。月日を重ねるたびに父と母の愛情が胸に迫って……」

梅里の双眸から涙がこぼれ落ちる。

「梅里さん……」

おたつは、梅里の手をとった。ぎゅっと強く握って言った。

「ご両親は、もうあなたの事は許している筈ですよ。腹を痛めた子を、駆け落ちぐらいで許さない親がどこにおりますか」

「おたつさん」

梅里は、すがるような目でおたつを見た。

おたつは大きく頷いてみせると、

「父親の名は、灘屋惣兵衛さんだったね」

梅里に念を押す。

梅里がそうだと頷くと、

「それと、あんたの名は……両親から貰った名前は……」

「お初《はつ》です」

梅里は言い、おたつの手を握り返した。

五

今年も浅草寺境内で、ほおずき市が始まった。

梅里に会ってから五日が過ぎ、おたつはこの日を待っていた。

早速浅草寺に赴くが、混雑する人の波の中から幽仙を探すのは、やはり無理だった。

一年前に幽仙と会った枯れ枝が横たわっていた場所もどのあたりだったのか定かではなく、枯れ枝なども今は取り除かれていて、探してもどこにも見当たらない。

おたつは、昨年幽仙と入った水茶屋に立ち寄った。

お茶を飲みながら往来する人々を眺めているうちに、おたつは自分が安請け合いしたことを苦笑した。

梅里の話についほだされて、何とかしてやりたいと思ったものの、一日に何千、いや万にも及ぶ参拝客の中から、初老の男一人を探せる筈もない事は、冷静に考えれば分かる。

とはいえ、一度心に決めたことを諦めるというのも自分らしくない。日を改めて出直そうかと立ち上がったその時、

「おたつさん……」

あの幽仙が、にこにこして店に入ってきたのである。

「幽仙さん!」

おたつはびっくり眼で幽仙の顔を見た。

「そんな驚いた顔して……私は幽霊やないんですから」

幽仙は笑いながら、おたつに近づくと、

「いやいや、実を言いますと、ひょっとして、おたつさんに会えるかなと楽しみにして参ったのです」

幽仙は脇に画紙を綴った物を抱えていた。今年も絵を描きにやってきたらしい。

「私も、幽仙さんに伺いたいことがございまして、それで参ったのですが、諦めて帰るところでした」

おたつは言い、幽仙と並んで床几に腰を下ろした。

「はて、私に何を訊きたい言わはるんですか」

幽仙は、運んで来たお茶を一口含むと、親しげな顔を向けた。

「昨年お話しした時に、幽仙さんは大坂の商人だとおっしゃいましたが、ひょっとして酒問屋を営んでいるのではありませんか」

「はい、そうです」

幽仙は、怪訝な顔で答えた。

「名は、灘屋惣兵衛さん」

「そうですが、おたつさんいったい何を……」

「すみません。驚かせてしまいました。これには訳がございます。あとでそれはお話しますが、もうひとつ、お尋ねします。灘屋惣兵衛さんには、娘さんがいらっしゃるのではありませんか」

おたつは、惣兵衛の返事を目を見開いて待った。だが惣兵衛は、

「いえ、私には娘はおりません」

きっぱりと否定したのだ。そしてこう言った。

「昨年お話ししました通り、跡を継ぐべき子がいないために、私は手代の一人を養子にし、その者に妻を迎えて、大坂の灘屋本店の跡を頼みました。この御府内にも

江戸店が三店ございますので、その店の様子などをみるために私は江戸に参っているのです」

よどみなく話す惣兵衛の言葉をおたつは聞き終えたが、首を傾げた後、

「おかしな話もあるものでございますね。私は先日、さる場所でお初さんという人から話を聞きました。お初さんは、あの昨年いただいた扇子の雅号を見て驚き、父親の灘屋惣兵衛も同じ雅号だと言ったのです」

「おたつさん……」

惣兵衛の顔色が、瞬く間に変わって行く。

「ほんとうに、本当にお初という者から惣兵衛の名を聞いたのですか」

「娘さんはいたんですね、惣兵衛さん」

おたつは厳しい目で惣兵衛の顔を見た。

惣兵衛は頷いた。そして、苦しげな表情で言った。

「お恥ずかしいことですが、たった一人の跡取り娘が駆け落ちいたしまして行方知れずとなっております。もう八年にもなります。私たち夫婦は、娘は死んだ者として養子を迎えました。時折哀しみに襲われますが、私には子はいなかったと自分に

言い聞かせ、人様にも説明しています。消息ひとつ無く、探し出す手立ても無い。それも八年もの長い間です。まさかその娘の名を聞くとは……」

「惣兵衛さん、心丈夫にして聞いて下さい。お初さんは、容易に両親に音信できる状況ではなかったのです」

　おたつは言った。

「まさか、病に倒れて……それとも」

　惣兵衛の顔に不安が過ぎる。

「お初さんは、今吉原にいます」

「吉原……」

　惣兵衛は絶句した。事情は察したらしく、

「考えてもみませんでした。自分の娘が、そういうところで暮らしていたとは……」

　惣兵衛は苦渋の表情で言った。

「私がお初さんに会うことになったのは、惣兵衛さん、惣兵衛さんからいただいた、あの朝顔の絵が縁だったのです……」

　おたつは、扇子がとりもった今回の奇遇を惣兵衛に話し、

「お初さんは、私にこう言ったのです。この吉原を出ることが出来たなら、まっさきに両親に会って謝りたいと……そのためにここで辛抱して暮らしてきたんだと……」

「お初が、そんな事を……」

惣兵衛は顔を上げておたつを見た。

惣兵衛の脳裏には、八年前の悪夢が蘇っていた。

当時も今も灘屋では、江戸店には番頭は置かず、手代の長に店の販売を任せている。

経営全般については大坂本店から頻繁に指図しているし、時には江戸店の手代を順番に大坂に呼び、酒の酒造や商いのことなどを修業させて、江戸店に返している。

八年前のあの時も、江戸の神田にある灘屋の手代、直介《なおすけ》が大坂に修業のためにやって来た。

直介は半年近く大坂本店で暮らした訳だが、その間に、お初と心を寄せ合ったようだ。

惣兵衛も女房も、少しも気付かなかった。

直介が修業を終え江戸に向かって旅立った翌日、突然お初がいなくなったのだ。しかもお初は、店の金箱から五十両の金を持ち出していることが分かり、店は大騒ぎとなった。

惣兵衛はこのとき、娘の行動と直介とが繋がらず、店の奉公人たちに八方走らせてお初を探させたが、既に大坂を出てしまった後だったのか見つからなかった。

お初が家を出てから二日目になって、丁稚がもじもじして惣兵衛夫婦に言うのには、

「旦那はん、ごりょんはん、いとはんは直介はんとなにやらぼそぼそ話しておりましたさかい、ひょっとして二人は一緒にいたはるのんと違いますか」

驚く話をしたのである。

まもなく、江戸店にも直介は戻ってない事が判明、丁稚の言葉は真実味をもって受け取るしかなかった。

「あれから八年……」

惣兵衛は、静かにひとつ息をつくと、

「女房はこの八年、寝たり起きたりの暮らしで、笑うことさえ忘れてしまいました」

「惣兵衛さん、娘さんは深く反省しています。娘さんに会ってあげてくれませんか」

おたつの言葉に惣兵衛は、

「ぜひとも……」

惣兵衛は即座に言って、

「おたつさん、本当のところを申しますと、私が江戸のあちらこちらを訪ね歩いて絵を描いていたのも、ひょっとして、どこかで娘と会えるかもしれないという気持ちがあったのです。おたつさんには礼を申します」

惣兵衛はおたつに頭を下げた。


二日後のこと、惣兵衛はおたつと一緒に、吉原の京町にある山城屋に上がった。

山城屋には道喜が一足先に来ていて、女将と話をつけて二人を待っていた。

山城屋の女将も、梅里の父親が酒問屋灘屋の隠居と聞いて驚いたらしく、以前の態度とはうってかわって、おたつと惣兵衛をこころよく迎えてくれた。

「梅里は昔のことについては、あたしには何にも話さなかったですからね、まさか騙されて、ここに送られてきたなどとは……」

夢にも想像しなかった、梅里の苦悩は自分はしらなかったのだと女将は言い、

「ご家族の皆様は、さぞかし心を痛めてこられた事でございましょうね」

などと慰めの言葉を並べ、父娘対面の座敷をしつらえ、お茶も菓子も出してくれ、愛想のよい顔で部屋を出て行った。

途端に部屋の空気は、気まずく、切ないものへと変わった。

惣兵衛とお初は向き合って座ったものの、掛ける言葉が見つからないようだ。

八年もの長い間、お初はお初で、惣兵衛は惣兵衛で、血の通った父親を娘を、もう縁の無い人だと言い聞かせてきたのである。わだかまりが無い訳がない。

二人は掛ける言葉を失った人のように、黙って、ただ見詰め合っていた。

おたつも道喜も、息づまる思いで二人を見守った。

「お初……」

声を先に掛けたのは惣兵衛だった。惣兵衛は、やつれたお初の顔を痛々しい目で見ている。

お初の膝には、あの扇子が開いて載っていた。

「おとっつぁん」

惣兵衛の呼びかけに呼応するように、お初が父を呼んだ。その双眸には涙が膨れあがっている。

「苦労したんやな、お初……どうして人を介してでも、連絡してこなかったんや……待ってたんやで、おとっつぁんも、おっかさんも」

惣兵衛は優しく言った。

「おとっつぁん、かんにん！」

お初は惣兵衛の膝元に駆け寄ると、泣き崩れた。

その背に惣兵衛は手を置いて、

「やり直せばええんや……ええか、おとっつぁんがちゃんとお前の身の立つようにしてやるから、安心してたらええんやで。今は道喜せんせの治療を受けて、一日もはよう元気になるんや」

お初に言い聞かす。

お初は、嗚咽を漏らしながら子供のように頷いている。

「一日も早う迎えに来るから……そしたら、おっかさんにも連絡して、この江戸で一緒に暮らせばええ」

惣兵衛も涙を浮かべてそう言うと、

「女将に会って話を付けてくる」

すっくと立ち上がり、女将のいる部屋に向かった。

道喜は梅里を病室まで送って行ったが、おたつは惣兵衛と一緒に女将のいる帳場に入った。

「まずはこちらを……本日はお手数をおかけしました」

惣兵衛は小判三両を懐紙に載せて差し出した。

女将が顔を綻ばしたのはむろんのことだ。この山城屋の女郎は、店の上級女郎でも金二分も出せば相手をしてもらえるのだ。

僅か四半刻ばかりの女郎との面接で、金三両は破格だといえる。

「旦那のお心遣い、遠慮無く頂戴します」

女将は、三両を押し頂いて金箱に納めると、その時を見計らったように、

「女将、早速だが、お初を引き取らせてもらいたい」

惣兵衛は梅里の身請けを申し出た。

「ほっほっ、おっしゃると思っていましたよ」

女将は笑うと、

「いやね、梅里は、これは父親の旦那の前で言うのもなんですが、病がちでした。年季もまだ残っていますが、父親のあなたさまが身請けして下さるというのなら、梅里にとっても一番よいことだと存じます。この山城屋、喜んでお返しいたします」

そう言ったのだ。

「ありがとうございます」

惣兵衛が頭を下げると、

「それで、身請け金でございますがね、旦那……梅里の場合は年季はあと三年近く残っています。それも考慮していただいて、百五十両は用意していただかなくては……」

「承知致した」

惣兵衛はきっぱりと言い、即座に約束をとりつけると、おたつと一緒に山城屋を後にした。

「おたつさん、私はつくづく、こんな事もあるのかと、未だに夢を見ているような気分でございます。お初が家を出た時もそうでしたが、この度、娘と再会できたこともそうです」

惣兵衛は歩きながら、しみじみと言った。

「確かに……事実は物語よりも不思議なものだと聞いたことがあります」

おたつも歩調を合わせながら言った。すると惣兵衛は立ち止まり、「おたつさん、おたつさんの探し人も、きっと見つかります。私に出来ることがあれば、何でも遠慮無く……」

おたつの顔を見て告げた。

六

雨が軒を叩いている。

ときも眠りこけているのか、うんともすんとも声を出さない。

おたつは、布団に横になったまま、外の音を耳に拾っている。

いつもなら暗いうちに起き、まず帳面を開いて、今日取り立てにいく人の名を書き出し、烏金を返済し、また借りに来た者に応対し、それから朝ご飯を焚く。

ずっとそれが日課になっていて、その順番も滅多に崩したことはないが、今日は起きるのが億劫だった。

思いがけず、惣兵衛親子の再会に手を貸すことになったおたつは、一段落したこともあり、さすがに疲れを感じていた。

近頃は殊の外目が疲れる。目が疲れれば肩が凝り、体も疲れて、何をしても力が入らなくなる。

——うなぎもしばらく食べてないな……。

などとぼんやり考えているうちに、またうとうとと眠ってしまった。

目が覚めたのは、戸を叩く弥之助の声と、異変を感じて鳴くときの声だった。

「どうしたんだい」

急いで土間に下りて戸を開けると、

「おたつさん、時蔵さんが死にそうなんだ！」

血相を変えた弥之助が立っていた。

朝方降っていた雨は止んで、日差しが弥之助の背中に落ちている。

「道喜先生には連絡したのかい」

「今先に行ってきやした」

おたつは頷くと部屋の中にとって返し、急いで仕度して弥之助と連れだって深川の時蔵の家に向かった。

「野菜を届けに行きやしたら、やけに荒い息をしていたんでさ。又吉はいないし、長屋の女房に時蔵さんを頼んで走って来たって訳でして」

弥之助は足を速めながら、おたつに説明する。

「又吉は何処に行ったのか分からないのかい」

「しじみを採りに行ったんじゃないかって、女房が言っていたんだけどね」

「しじみを……いったい何処に採りに行っているんだい」

弥之助は首を傾げた。

「大事な時に……」

おたつは呟いた。

又吉の事だ。しじみを採って、小銭を稼ごうとしているのかもしれない。

しかしそんな事をしなくても、米も味噌も野菜も弥之助が頃合いを見計らって届けているし、調理は長屋の女たちがやってくれている筈だ。近頃は又吉が食うに困ることはない。

おたつは、時蔵が住む長屋の木戸に走り込んだとき、又吉が帰宅していることを願ったが、時蔵の枕元に座っていたのは道喜一人だった。

道喜は、暗い顔でおたつたちに頷いた。

「亡くなったのかい」

おたつは、時蔵の枕元に座った。

「つい先ほど亡くなりました」

道喜は告げる。

おたつは、白い顔の時蔵に語りかけた。

「時蔵さん、又吉のことは心配しなくていいんだよ」

その時だった。

「おとっつぁん！」

又吉が帰って来た。

又吉は手に籠を持っているが、家の中が悲痛な空気なのを察したらしく、呆然として土間に立った。

「又吉、おとっつぁんにお別れを言うんだ、おいで」

弥之助の言葉に、又吉は籠を投げ捨てた。土間にしじみが散らばった。

「おとっつぁん！」

又吉は走り上がって、時蔵の首根っこにしがみついた。

「なんで死ぬんだよ……おいら、やっと、しじみを採ってきたのに……おとっつぁんは、しじみ汁が飲みてえ、そう言ったじゃないか」

又吉は声をあげて泣く。

「おたつさん……」

岩五郎もやって来た。

長屋の連中も一人二人と集まって来て、悔やみを口々に述べて手を合わせる。

時蔵の葬送は、翌日おたつたや長屋の連中の手で、ささやかだがねんごろに行われた。

又吉は時蔵が亡くなってから感情を失ってしまったように見える。無表情な顔で膝を抱えて座っていると思ったら、突然声をあげて泣き出すのだ。

この世で唯一の支えを亡くして、まだ十にも満たない又吉の心は、おたつなどには想像もできない程傷ついてしまったようだ。

「まだとても奉公に出すなんて無理だね。あたしが連れて帰るよ」

おたつは、時蔵の野辺送りのあと岩五郎に囁いた。すると岩五郎が、

「おたつさん、どうだろう。あっしが連れて帰るというのは……」

そう言ったのだ。

「岩さんが？」

「あっしとおしなの間には子供がいねえんだ。あの子がうちに来てくれたら、おしなも喜ぶ。むろん又吉が嫌だと言えばならねえ話だが、うちはお客も来るから賑やかだ、又吉の気も紛れるんじゃねえかと思うんだが……」

おたつは頷いた。

正直自分の歳と忙しさを考えると、多感な又吉を人並みに養育できるかどうか不安がある。

おたつは、又吉に近づくと、大きくなるまで岩五郎のところで世話になるよう言い聞かせた。

又吉は小さく頷き、また泣いた。

「安心しな。おめえのおっかさんの位牌も、おとっつぁんの位牌も持っていくんだ。いつも一緒だぞ、又吉といつも一緒だ。おめえがくじけずに元気に暮らしているか、おっかさんも、おとっつぁんも見ているんだぞ」

岩五郎が又吉の肩に手を置いて優しく伝えると、又吉はこくんと頷き、

「お世話になります」

小さな手をついたのだった。

「又吉……」

岩五郎は、ちんと鼻を鳴らすと、

「おめえ、他人行儀はいっさい、いらねえんだぜ。自分の家だと思って暮らしたらいいんだから」

又吉の肩に手を置いて、その顔を覗いた。

「あっ、いたいた」

道喜はおたつの姿を、どんぶりうなぎ飯屋の与七の店で見付けると、にこにこして入って来た。

「弥之助さんに聞いたんだ、今日はうなぎを食べに行っているって」

道喜は、おたつの横に座ると、

「私にもひとつ頼む」

うなぎを焼いている与七に向かって言った。

「へい、ありがとうございやす」

与七は、ちらりと道喜を見て言った。

「私もね、又吉が元気を取り戻してきているって岩さんから聞いてほっとしたんだよ。そしたら急にうなぎを食べたくなっちまって」

おたつは美味しそうに箸を運ぶ。

「私はここのうなぎは初めてです。おたつさんが気に入っているんだから、外れってことはないでしょう」

道喜がくすりと笑うと、

「お客さん、まずかったら金はいらねえよ、まだ食べもしねえうちから、外れのなんだのと言わないでくれ」

与七は耳ざとい。うなぎを焼いていても、お客の会話は聞き逃さない。

「すまない、そんなつもりで言ったんじゃないんだ」

道喜が謝ると、

「うちは捌く時から余所とは違うんだ。するするするって捌くから、うなぎも気持ちいい、与七さん、ありがとうってなもんだ。これがうなぎを痛め付けるような捌き方をしてみな。止めろ、ちくしょうって、うなぎの恨みを買うんだよ、そしたらうなぎもうまみを出してくれねえからまずいわな。だけどもうちは、与七さん、ありがとうっだからさ、うまみたっぷり、頰が落ちるほどおいしくなるってもんだ」

しゃべっているうちに、与七はどんぶりを運んで来て道喜の前に置いた。

「ほう、確かにうまそうだ」

道喜は箸を取ると、一気に口の中に放り込んでいく。

まるで腹を空かした子供のようだ。おたつが呆れて、

「うなぎを食べにきたのかい、それとも私に用事があってきたのかい」

道喜の顔を覗いた。

道喜は、はっとして顔を上げると、急いでどんぶり飯をかき込んでから、

「すみません、朝から何も食べてなくて……お初さんの事で相談がありまして」

「お初さん……」

お初は吉原から身請けされて一月ちかくになる。

惣兵衛は根岸の寮を手に入れて、そこに女中も下男も置いて、お初を養生させている。

惣兵衛自身も根岸でお初と暮らし、そこから江戸店に顔を出していると聞いている。

近く大坂の母親もやって来ると聞いたし、おたつなどはもう出る幕ではないと、ほっとしていたところだった。

「病はほとんど良くなったのですが、実は今日、びっくりするような話を聞かされまして」

道喜は、ちらと与七の方を窺ってから、小さな声で、

「出産したことがあって、しかもその子を直介が人にやってしまったというんです」

おたつは唖然とした。

「旅の途中だったようです。八年前だと言っていましたから、お初は十七か十八、

駆け落ちしてまもなくと思われます」

「惣兵衛さんは知っているのかい」

「いや、何度も話そうと思ったのだが話せないできている。どこの誰にやってしまったのかも分からないようですからね。生死も確めようもない話ですから……」

「そういう事なら仕方ないね。赤子を上げた相手を知らないのは幸いだ。知ったところで、今更取り返すこともできないだろうしね」

「それはお初さんも分かっているようです。今更母親ですと申し出ることなど出来ないと……でも、元気でいるか幸せでいるか、それだけでも知りたい。何か手立てはないものかと……」

道喜は言い、困惑した顔でおたつを見た。

「無理な話だね。道喜先生、引導を渡すんだ。自分のことだけ考えて暮らすようにって。まだ若いんだから、所帯も持てるし、子も産める」

おたつは、突き放すように言った。

だが道喜は話を続ける。

「赤子を産んだのは、藤沢の宿だっていうんですよ」

「聞き流すしかないじゃないか」

「旅籠の名は分かっていて、藤田屋《ふじたや》だったというんですが」

「道喜先生、何故このおたつにいちいち報告するんだい。私も忙しいんだよ」

「他に相談する人が私にはいないんです。患者の事を考えると、どうしてやればいいのかと」

「病を治すのとは訳が違うんだよ。その区別もつかないのかい」

おたつは少々腹が立ってきた。

「おたつさん、又吉も藤沢の宿で生まれたと聞いています」

道喜が言う。

「又吉が……ちょっと待って、時蔵さんは赤子の親の名は何も言ってなかっただろ、まさかね」

おたつの苦笑に道喜は頷き、

「私もまさかとは思います。ただ調べてみる価値はあると……」

おたつを真顔で見た。

「じゃあ、調べてあげなよ、藤沢の宿はすぐそこだ。あんたの足なら往復三四日で済む話だ」

「それが私は、日本橋の巴屋という呉服屋のご隠居がもう危なくなっていて江戸を離れられないのです。しょっちゅう呼び出しがきますし、いよいよとなったら泊まり込みでついていてくれと言われていまして……」

「ったく……お前さんは！」

おたつは、道喜の顔を睨んだ。

七

「ここだな……」

二日後の昼前、弥之助は藤沢宿の遊行寺近くの旅籠屋の前で立ち止まった。

菅笠に手甲脚絆、肩には旅行李を前後に掛けて、粋な男の旅姿だ。むろんこの旅は、おたつから頼まれてやって来たもので、たっぷりと手間賃を貰っている。

滅多に旅をすることもない弥之助にとっては、大事な用向きの旅とはいえ、心弾むのは無理はない。

藤沢宿は江戸から十二里余、本陣一軒、脇本陣一軒、旅籠屋は四十五軒。

昨夜は保土ケ谷の宿で一泊し今朝早く宿を出て藤沢宿に到着、目的の旅籠屋『藤田屋』の看板を弥之助は見付けたのだ。

「ごめんよ」

弥之助は菅笠を取って店の中に入った。

「いらっしゃいませ」

玄関を掃除していた女中が、にっこりと笑ってこちらを見た。

丸顔で色黒、小太りのがっちりした体格の女で、鼻ぺちゃだが愛想がいい。

「すまねえが昔の話を聞きたくてやってきたんだ。八年の前のことだ。女将さんか旦那か、取り次いでくれねえか」

弥之助は、小粒を女中の手に握らせた。

「泊まっていくんではねえのか」

女中は不満げな顔で言う。

「泊まりてえが急ぎの旅だ。話を聞いたら、すぐに江戸に戻らなきゃならねえんだ」

「つまんねえの、おらが相手をしてやろうと思ったのに。面白れえぞ、おらの話は」

期待の目が笑っている。

「いや、本当に駄目なんだ」

「あちこち案内してやるのに」

「残念だが仕事できたんだ。きっと出直して来るからよ」

ほとほと困って弥之助は口から出任せを言う。

「信じられねえ、それよか、お昼に蕎麦でもおごってもらいてえ」

「蕎麦、お安いご用だ。じゃね早く女将さんに……」

取り次いでくれと奥に行くように手で追い立てると、

「約束だぞ」

女中は念を押してから奥に消えた。

弥之助が上がり框に腰を据えて待っていると、すぐに女将が出て来た。五十近い女で肉付きが良く、人当たりのよさそうな女だった。

「女将さんですかい、忙しいところを申し訳ねえ」

弥之助が立ち上がって頭を下げると、女将は弥之助に腰を掛けるよう勧め、自分もそこに座った。

「八年前の何をお聞きになりたいので……」

女将は怪訝な顔で言った。

「へい、八年前、この宿に逗留していた女が出産したことがあったらしいんだが、覚えていますか」

「ええ、よく覚えています。あの時はいろいろあって大変でしたから」

女将は顔を顰めた。

「その、いろいろあった話を聞かせていただきてえんです」

「何故そんな事を……むやみにお客の話はしたくございません。うちの信用にもかかわりますから」

女将は言葉を濁す。

「ごもっともだ。怪しい者じゃゃねえ」

弥之助は、八年前にこの旅籠で子供を産んだ女が我が子の行き先を知りたがっている話や、また一方で、この藤沢の宿で生まれ、ゆきずりの旅人に貰われて育った男児がいるのだが、この度育ての親を亡くしてひとりぼっちになった話を女将に告げた。

その上で、この二つの話は繋がっているんじゃないか、関係があるのじゃないかと、二人を案じる人がいて、それで自分はその人の代わりにやって来たのだと、おたつや自分の名前も教えた。

女将は、じっと聞いていたが、

「分かりました。お前さんの真剣な話には嘘はありますまい。お話しいたします」

神妙な顔で頷くと、

「おっしゃる通り、八年前のことです……この藤田屋に長逗留している一組の若夫婦がおりました。ご亭主の名前は直介、おかみさんの名はお初……」

女将はまずそう言った。

「直介とお初……間違いない！」

弥之助は声を上げた。

女将は静かに話を進めた。

「二人は旅人ではございませんでした。行く当てが定められずうちに長逗留していたのです」

女将も宿の主も、二人には何か格別の事情があるのだと思ったが、尋ねることはしなかった。

宿代はきちんと払ってくれていたし、何か悪いことをして逃げてきたようにも見受けられない。どうみても商人とその女房、考えられることは不義のあげく、逃げてきたのかもしれない、そう思った。

長い間旅籠をやっていると、客の素性を読むのに長けてくる。

ただ、亭主の直介が、長逗留するうちに時々宿場の博打場に足を運んでいることが分かってくると、宿の者たちも警戒して、長逗留するのなら先払いをお願いしたいと告げたのだった。

女房の腹が少し大きいのは気付いていたが、まさか産み月が迫っていたとは女将も分からなかった。

出産が始まると慌てて納屋を整頓して整え、そこを産所にしてもらった。

赤子は無事に生まれた。元気な男児だった。

ところが、お初の乳が出ない。乳が張って痛がるのだが、赤子にすわせることが出来なかった。

そこに偶然、赤子を亡くしてまもないという夫婦が宿泊した。

乳を捨てているところを見た女将が、この宿にいる赤子に乳をあげてくれないかと申し出たのだ。

女房はこころよく乳を上げた。赤子を抱いて乳をやっている顔は、まるで本当の母親のようだった。

後ろ髪を引かれてなかなか出発できなかった夫婦が明日発つと聞いた直介は、女将に立ち会ってもらって赤子をその夫婦に渡したのだ。

「その夫婦というのが、確かご亭主が時蔵さん、だったと思います」

女将が言った最後の言葉に、

「間違いねえ！」

思わず弥之助は大声を上げていた。

「女将、その時蔵さんが一月前に亡くなったんだ」

「ではおかみさんは……」

「何年か前に亡くなってる」

女将は頷き、

「そんな事は、あの夫婦は知らないんだろうね。自分たちの子供がその後どうなっているのか……」

「直介とお初さんは、それからもここに世話になったのかい」

「いえ、まもなく出て行きました。お金が無くなって……」

「……」

弥之助は、まだここにいた頃には、お初は女衒に売られることもなかったのだと思った。

「でも、あの時の赤ちゃんが大きくなって、そうして皆さんに支えられて元気にしているなんて、弥之助さん、私も嬉しいです」

女将は、しみじみと言う。

「ありがとよ。これで親子の対面をさせてやれる」

弥之助は女将に礼を述べると、宿を出た。

「ちょっと待った！」

なんと表で箒を持ったあの女中が待っていた。

弥之助は藤田屋の女中をすぐ近くの蕎麦屋に連れて入った。

「おい、女将にしかられるんじゃねえのか」

弥之助は、小さな声で言った。

「心配いらねえ、女将さんには里から姉さんが来て蕎麦屋で待ってる。半時でいいから時間を下さいとお願いした」

「お前よくそんな嘘がつけるな」

弥之助は感心した。

「だって、滅多にこんな事はねえんだもの。旅籠には飯盛り女がいるっていうのは、兄さんも知っているだろ」

「それぐらいはな」

「藤田屋だって夜になれば、姉さんたちが綺麗なべべ来てお客の相手してるだべ。女中だって同じような事する人もいるけど、あたしは働きがいいからお客なんて相手にできねえ。食事運びに酒もだろ、部屋の掃除に風呂場の掃除、それに女将さんのお供だってしなくちゃならねえ。だから余分なお金が入らねえ、入らねえから蕎麦などに使えねえ」

「分かった分かった、おいらもスパッと目的を果たせたんだ。あとは保土ケ谷まで戻って一泊し、明日には江戸に帰るんだ。蕎麦ぐらいおごってやるぜ」

「うれしい」

女中は、にっと笑った。白い大きな歯が見えた。蕎麦どころかなんでもばりばり食べられそうだ。

「すまねえ、急いで蕎麦を二つくれ」

弥之助が注文すると、

「蕎麦は三つ、三人前にしておくれ」

女中は声を張り上げていい、呆れている弥之助に、

「あたしは一人前じゃ足りないから」

くすくすと笑った。

「やけくそだ、何人前でも食べろ、金は持ってる」

弥之助は大声を上げた。すると、

「そんな、私牛じゃないんだから」

くすくす笑ったが、蕎麦が運ばれて来ると、ものすごい勢いで口の中に放り込んだ。

——憎めねえ女だな……。

弥之助はふいに親しみを感じていた。

自分の郷里の娘も、こんなものだと思ったのだ。むしろ宿場で働きながらも、少しもすれていないのが気に入った。

「ああ、うまかった」

女は満足そうにそういうと、立ち上がった弥之助の腕を摑んだ。

「何だ、まだ何か用なのか……」

「座れって、まだ半時にはなってねえ」

「おいらは急いでいるんだ」

「聞きたくねえのか、藤田屋で兄さんが話していた若い夫婦のその後の話を……」

「なに……何か知っているのか？」

「同じ村から、この宿場に奉公に来ていた人がいるんだ。あたしより五つ年上で、今は里に帰って畑仕事をしているんだけど、その人から聞いた話だ」

「話してくれ」

弥之助は、また座った。

「あたしの友達は、この同じ宿場の『浜田屋《はまだや》』っていう木賃宿に奉公していたんだ。藤田屋を出た直介さんとお初さんは、その宿にやってきたというんだ……」

そしてそこから直介は宿場の賭場に通った。

ところが負けが込んで多額の借金をし、困った直介は女房を女衒に売った。浜田屋ではそう言っていたというのである。

「そうか、やっぱり、お初さんを売ったのは、この宿場だったのか……許せねえ」

弥之助は呟いた。

「浜田屋では語りぐさになっているらしいんだ」

「その時はもう、お初さんの体は良くなっていたんだな」

「そのようでした。病人だったら、ここの宿場でだって働けません」

「で、直介はその後どうしたんだ……」

「二年ほどは博打場で暮らしていたようでしたが、そのうちどこかへ消えちまったと……」

「女中さん、その浜田屋っていうのは、どの辺りにあるんだい」

「宿場の外れにあるよ、ひどい家だからすぐ分かるよ」

「そうか……いや、いろいろとありがとう。助かったよ」

弥之助が立ち上がると、

「こちらこそ」

女中もにこにこして立ち上がり、

「また立ち寄って下さいね」

少女のようにはにかんだ笑みをみせると、下駄を鳴らして藤田屋の方に帰って行った。

見送る弥之助の耳に、どこからか時の鐘の音が聞こえてきた。

保土ケ谷に戻るとしても、二時あれば宿に入れる。

弥之助は街道筋を下って行った。

女中の言った木賃宿はすぐに分かった。

「ごめん」

弥之助は戸を開けて土間に踏み込んだ。

だが誰も姿を現さない。

不気味な空気が家全体に漂っている。

弥之助は外に出た。すると宿場役人が近づいて来て言った。

「昨日から無人になっている、主が駆け落ちしたんだ。借金を返せなくなってな」

八

おたつが弥之助を従えて、京橋の『灘屋』に出向いたのは、弥之助が藤沢の宿を調べて帰り着いた翌日のことだった。

灘屋の表では、揃いの単衣に赤い帯をきりりとしめて、黒塗りの下駄に赤い鼻緒の娘たち十人ほどが、笛と小太鼓に合わせて踊っていた。

酒は灘屋の鶴の舞、ほんのり琥珀で香りよし　香りよし
飲めや飲め飲め　鶴の舞　鶴の舞

どの娘を見ても美しく、思わず立ち止まらずにはいられない。

近頃江戸で流行っている店の触れ歩きの一種で、こちらは触れ踊りとでもいうの

だろうか。

財力のある店は美しい女たちを集めて、江戸の町を歌って踊りながら歩かせる。引き札と呼ぶ紙に摺った宣伝も広く行われているが、娘たちの歌や踊りは一層の効果がある。

どうやら灘屋も、鶴の舞とかいう酒を新しく出しての宣伝らしい。

「ご隠居は今日はこちらだと聞いている。おたつが来たと伝えておくれ」

おたつは店の中に入って、応対に出て来た手代に告げた。

すぐに二人は店の奥に案内された。

灘屋日本橋支店の中庭には、白壁の蔵が建ち、そこに次々に酒樽が搬送され、人足立ちが忙しそうに立ち働いていた。

惣兵衛は庭に面した座敷で、絽の着物に紗の袖無し羽織で大福帳を開いていた。

「これはこれは……」

おたつが顔を見せると、惣兵衛は懐かしそうな顔をして大福帳を下に置き、おたつと弥之助を部屋の中に招き入れた。

「私もおたつさんに会いに行こうかと思案していたところでございます」

惣兵衛は言った。

「私に……はて、何のご用だったのですか」

「それがですね、近頃お初の顔が暗いのです。道喜先生のお陰で病は癒えたというのに、何を悩んでいるのかと案じて、お初に一度訊いたんですが寂しく笑うばかりで、私には言いにくそうなんです。男親の私に言えない話なら、ひょっとしておたつさんになら話すかもしれないと思いまして、おたつさんに娘の屈託を聞き出していただこうかと……いやはや、お恥ずかしい話です。いい歳をした娘とはいえ、子供は親にとっては何時までも子供のまま、放ってはおけなくて……」

惣兵衛は苦笑した。

「惣兵衛さん、今日私がこちらに参りましたことと、お初さんが悩んでいることは、原因はひとつかもしれませんよ」

おたつは言った。

「おたつさんはご存じだったんですか」

惣兵衛は驚いた。

「先日、道喜先生がお初さんを診察しての帰り、私の家に立ち寄りまして、その時、意外な話を聞いたんです」

おたつは、道喜から聞いたお初の悩みを話した。

惣兵衛は神妙な顔をおたつに向けると、

「すると、私にとっては、孫が生まれていたと、そういう事ですか」

目を丸くして訊いた。

「はい。私は道喜先生からお初さんの悩みを聞いた時、こう思ったんです。お初さんは長い間の苦労から解放され、今はつくづく、父親に助けられて暮らしていることを幸せに思っている。だが、自分の今が幸せであればあるほど、八年前に人の手に渡した我が子に申し訳ない、どうしているのかと案じられて、それが心を塞いでいるのではないかと……」

惣兵衛は頷いた。

おたつはまた、藤沢宿で貰われた子が、つい先頃養父を亡くしてひとりぼっちになってしまった事を話し、いずれの話も藤沢宿であったことから、弥之助を藤沢宿までやり、調べさせたのだと告げた。

――それで……。

というように、惣兵衛は弥之助の顔を見た。

「調べました結果、お初さんが産んだお子は、時蔵という人が育てていました。ですが、その時蔵さんは一月前に亡くなりまして、今はおたつさんの知り合いの家に引き取られています」

弥之助は順を追って惣兵衛に話し、

「その子の名は、又吉というんですが」

名前を告げると、

「又吉……又吉ですか」

惣兵衛の顔には、次第に喜びが湧《わ》いてくるようだった。

「手代の直介さんについては、その後の行方は途切れてしまいやして……」

弥之助の言葉に、

「その直介なら江戸に戻っていたようです」

惣兵衛はそう言った。

「居場所は分からないのですが、この御府内のうちにいることは間違いないようです。私は今度のことで、直介がまたぞろ出て来て、お初を苦しめるんじゃないかと案じているんですよ」

おたつは惣兵衛を案じ顔で見た。

「おたつさん、あの男は、直介は三年前ですが、この店にやって来て、手代に金の無心をしているんです」

惣兵衛はそう言うと、手を打って店の者を呼んだ。そして、

「ここに佐之助《さのすけ》を呼んでおくれ」

そう伝えた。

「旦那さま……」

すぐに佐之助という手代が現れた。

「佐之助、この方たちに直介のことを話しておくれ」

佐之助は神妙な顔で頷くと、

「三年前のことです。店を閉めようとしていたところに、直介がやって参りました。月代が伸び、すっかり人相の悪くなった直介を見て、私は驚きました……」

かつては一緒に競い合った仲である。変わり果てた直介を見た佐之助の思いは複雑だった。

直介は佐之助に、お初は死んだと言い、今は一人で暮らしているが金が無い。屋台でも出して酒を売ろうかと考えているのだが元手がない。十両、いや、五両でもいいから貸してくれないかと無心したのだ。

佐之助は返事に窮した。

主の跡取り娘と駆け落ちした男だ。灘屋にとっては敵のような者だ。ここにやって来たことを大坂の本店に知られただけでも、まずい事になる。

一見して、すさんだ暮らしが垣間見える直介に、同情することは灘屋の旦那さまを裏切ることだ。

佐之助の心は動揺したが、落ちぶれた元同僚に痛ましさを感じ、自分の懐から一両を出して握らせた。そしてこう告げたのだ。

「この金はやる。だがこれでおしまいだ。二度とこの店に現れないでくれ」

その言葉に、直介は冷ややかな笑みをみせたが、一両は懐に入れて何処かに去って行ってしまった。

「そののちは、ここには現れてはおりません」

話し終えると、佐之助は最後にそう付け加えた。

「知り合いの御用聞きに、直介らしき男の消息が分かれば教えてくれるように頼んでいるのですが……私としては、もう二度と娘に近づいてほしくない。それだけを願っているのですが」

　惣兵衛は苦悩を述べる。

「確かに、又吉が、本当の父親の有様を知ったらどう思うか……育ての親は貧乏でしたが、心底、実の父親のように又吉を育てておりましたから」

　おたつが言う。

　惣兵衛は頷いた。そしておたつに言った。

「娘を酷い目に遭わせた直介は憎い。許せないが、孫は別だ。孫に罪はない。おたつさん、ぜひ孫に会わせてください」


「おじさん、はい、お酒です」

　居酒屋おかめの店の中に、可愛らしいはつらつとした声が響く。

「ぼうず、ひややっこはまだかい？」

　中年の大工に訊かれて、

「はい、ただいま！」

又吉は大きな返事をして板場に走り、

「ひややっこ、ひとつ」

板場に声を掛ける。

「ぼうず、水だ、水をくれ！」

こんどは違うお客に呼ばれて、又吉はそちらに走って行く。

——すっかり元気になって……。

おたつは店の隅に座って又吉の様子を見ながらそう思った。

だがすぐに、いや、時蔵を亡くした悲しみを、子供なりに忘れようとしてといるのかもしれない。それとも、自分がここに厄介になっているという思いが、健気な働きぶりとなっているのかと、外に出かけたという岩五郎を待ちながら、おたつは又吉の活躍をじっと見ていた。

「すみませんねえ、おたつさん。あの人、どこに出かけて行ったのやら、出かける前に、どこどこに行ってくるっていえばいいのに、何にも細かいことは言わないんだから……」

女房のおしながお茶を運んで来て言った。

「いいんだよ、ほっといてくれていいんだから」

おたつは、笑って茶碗を取り、

「でもびっくりしましたよ、おしなさん。又吉があんなに元気になっているなんて」

視線を立ち働く又吉に向けた。

「それがさ、最初の三日ばかしは膝小僧を抱えて泣いていたんですが、あの人が、店を手伝ってくれるかと言ってからですよ、見る間に元気になって、あの歳で金勘定も出来るし、お客に可愛がられていて、今じゃあ店になくてはならない又吉となっています」

おしなは嬉しそうに言った。

「私は案じていたんですよ、でもとり越し苦労だったようだね」

おたつは笑った。

「私ね、おたつさん、あの子さえ良ければ、養子にしたいって思っているんです」

おしなは、ちょっと照れたような顔で言い、

「なんだか、母親ってこんなものかしら、なんていろいろ考えて……」

恥ずかしそうに俯いていたが、ふっと顔を上げて複雑な顔をしているおたつに気付いたのか、

「すみません、又吉ちゃんが嫌といえば、それはそれでいいんですけど」

おしなは弁解してみせた。

「いえいえ、そういう事ではないんです。私は最初、自分がひきとるつもりでいたんですから、でも、岩さんが、うちに連れて帰るとそう言ってくれて……でも今見ていて、こちらで良かったのだと思いました」

おたつは言った。

又吉の実の母や祖父が見つかったと伝えに来たのだが、おしなの喜ぶ顔を見ていたら言えなくなっていた。

――岩さんに相談してからだ。

出直してこようかと思っていると、又吉が走って来た。

「おたつさん、こんにちは、お久しぶりです」

又吉は、ぺこりと頭を下げる。

「随分張り切っているじゃないか」

おたつは、又吉の手を取った。まだ幼さが残っている又吉の手はぷっくりとして柔らかかった。

「おとっつぁんが死ぬ前に、おいらに言ったことがあるんだ。一生懸命働くんだよって、どこに奉公に行ってもまじめに働いていれば、きっといい事があるんだって」

「そうかい、時蔵さんがそんな事をね」

「おとっつぁんは空からずっと見守っているって言ってたんだ」

おたつは頷く。どうやら時蔵は死を覚悟して、又吉にしっかりと生きる術を教えていたらしい。

「だからおいら、泣いてばかりいられねえ。おとっつぁんに心配を掛けるからな」

「その通りだ。しっかり食べて、元気でいないと」

「大丈夫、岩五郎おじさんもおばさんも、とても良くしてくれるんだ。おたつさんも安心していいよ」

又吉は、にこっと笑うと、また客の方に走って行った。

おたつは店を出た。

健気な又吉の言葉が胸を詰まらせる。

「おたつさん……」

声を掛けられて振り返ると、又吉が駆けて来た。

「正直言わなきゃ、謝らなきゃいけねえことがあったんだ」

不安な顔でおたつを仰ぐ。

「なんだい、私に謝ることって」

おたつは腰を落として、又吉の顔を覗いた。

「おたつさんの紙入れ、おいら拾ったと言っただろ……でもあれは、あれは」

「又吉、いいんだよ」

おたつは、首を横に振って又吉の次の言葉を遮ったが、

「よくねえよ、おとっつぁんに叱られるよ、おいら、きっとお返しします。待って下さい」

又吉はそう言うと、急いで店に引き返して行った
――又吉……。

おたつは、小さな背中が店に向かって走って行くのを見送った。

九

岩五郎がおたつを訪ねてきたのは、翌日の夕方だった。

「何か急ぎの用があったんじゃねえかと思いましてね。おしなに尋ねてみたんだが、おたつさんは何にもおっしゃらなかったたっていうものですから」

岩五郎は上がり框に腰を下ろした。

「岩さん、又吉のことなんだが、実の親が分かったんだよ」

おたつはお茶を入れながら言った。

岩五郎は一瞬驚いた様子だったが、

「そりゃあ良かった、どこの誰なんですか」

お茶を手にして訊いた。

「母親は、お初さん。祖父は灘屋の惣兵衛さん」

「こりゃあ驚いた。身寄りの者など見つからぬだろう、気の毒な子だとみていたんだが、そうですかい」

静かにお茶を飲む。だがその顔には、落胆の色がうかんでいる。きっと岩五郎もおしなと同じような感情を又吉に持っていたに違いない。だがここはきっちり伝えておかなければいけないとおたつは話を継いだ。

「まさかとは思ったんだが、藤沢の宿まで弥之助さんに調べに行ってもらったんだけどね、それではっきりしたんだよ」

おたつは、医者の道喜からお初の告白を聞き、弥之助に藤沢まで調べに行かせたこれまでの経緯を、順を追って岩五郎に話した。

岩五郎は手元に目を落として聞いていたが、頷くと、

「それで、もうお初さんには話してやったんですかい？」

顔を上げておたつを見た。

「いや、それはこれからです。むろん惣兵衛さんには話しました。それで昨日、岩五郎さんの店に行ったんですよ。岩五郎さんにも、又吉にも話さなきゃいけないと思ってね。そしたら、元気になって店を手伝っている又吉や、おしなさんの気持を聞いたりしているうちに、話せなくなってしまったんだよ。こりゃあ岩さんにまず相談してからの話だと……」

「すみません、おしなはこのところ、又吉が可愛くてしょうがないようでして、いや、実はあっしも同じ気持ちになっちまって。正直に申しますと、時期を見て、おたつさんに相談して、又吉を養子にしようかって話していたところでさ」

「おしなさんから聞きましたよ」

おたつは言った。

「あの子は利発な子だ。それに心根はまっすぐだ。貧乏して育っているのに、よほど時蔵さんの育て方が良かったのか、頑張り屋で素直に育っている。あんたたちがそう思うのも無理はないよ。でもね、血のつながった人が見つかったんだ、又吉にはそのことをきちんと教えてやらないと……」

「分かりやした」

岩五郎は、すっぱりとした顔で言い、

「又吉の幸せを一番に考えてやらなければいけねえ。おたつさん、おしなの言うことなど気にする事はねえ」

「岩さん……」

「身寄りがないならともかく、立派な店を持つ人の孫ともなれば、将来だって開けているんだ。あっしが又吉にきちんと話してやりますから、どうぞ安心して下さいやし」

岩五郎は、おたつに頷いてみせると、改めて顔を向け、

「いや、実を言いますと、二日ほど前だったか、昔の仲間にぱったり会いましてね。その男は、あっしと同じ北町の旦那から十手を預かっていた者で、同じ頃に隠居したんですが、その男から灘屋惣兵衛の名が出たんです……すみません、一服」

岩五郎は煙管を取り出した。

おたつがたばこ盆を引き寄せて岩五郎の側に置いてやると、岩五郎はうまそうに煙を吹かせて、

「灘屋惣兵衛が、ある人の消息を探ってくれと言ってきたと……」

「手代の直介のことだね」

「そうです。それで少し気になっていたんです。何かあったのかと……」

「直介は行方知れずになっていたんだが、三年前に日本橋の支店に金の無心に現れているんだよ」

おたつは、これまで耳にした直介について話した。

「なるほど、灘屋の旦那は、この先のお初さんがまた何か被害を被るんじゃないかと案じているんだな」

二人はそこで、しばらく押し黙った。

人の歩む道の危うさを二人は感じているのであった。

お初の一件は、確かに直介に一番の責任があることは間違いない。まだねんねに近い主の娘を連れて逃げたんだから、弁明のしようがない。拐かしと同じだ。

そこからどのように脱出して、立派に暮らしを立てたかが、罪になるかならないかの境界線になる。

仮に直介が、お初が持ち出した五十両で、新しい暮らしを築き、商人らしく小体な店でもやっていれば、お初の不幸も、又吉の苦労も免れた筈だ。

だが直介は、妻子を犠牲にして自分だけのうのうと生き延びてきたのである。

「直介を見付けても、それから奴をどうするのか、難しいな」

岩五郎が言う。

「それに、又吉に実の父親のことをどう伝えるのか……私はそれを案じているんだけどね。いろいろ考えてると、藤沢まで弥之助をやったことが良かったのかどうかなのか、悩んでしまうんだよ」

おたつの心も揺れているのだ。

「おたつさん、それで良かったんだよ。又吉にとっても真実を知ることが大事だ。それを乗り越えなくちゃあいけねえんだ」

岩五郎は力強く言い、

「又吉に言い聞かせたら連絡します」

煙管をしまって立ち上がった。


「おたつさん、良い所に来て下さいました」

おたつが日本橋の灘屋を訪ねると、手代の佐之助が飛んで出て来た。

佐之助の言うのには、惣兵衛が急遽会津に用が出来て昨日発ったのだが、今朝見知らぬ女が結び文を持って来た。

旦那さまに渡してほしいと、しかも一刻を争うのだと、女はそう言ったのだという。

「いったい、これは誰からだね」

佐之助が女に訊くと、直介という人だというのだ。

「渡しましたよ、いいですね」

女は佐之助の戸惑いなどおかまいなしに、そう念を押して帰って行った。

佐之助はどう処理しようかと迷った。旦那さまにと持って来た文を、たとえそれが結び文とはいえ、開いて良いものかどうか。

だが、その文の相手が直介と聞き、しかも一刻を争うという言葉に心せかされて、文をほどいて見た。

するとそこには、今すぐ惣兵衛の旦那さまに会いたい、そう書いてあったのだ。

「直介のことだ、旦那さまを呼び出して金の無心をするつもりかもしれない、そう思うと無視するしかないと思ったのですが……」

そう言って、おたつに結び文を見せた。

場所は海辺大工町の裏店となっている。

「私一人では、何か面倒になっても困りますし、かといって、何も事情を知らない手代を連れて行くことはできません」

「分かった、私が行くよ、佐之助さんと一緒にね」

おたつは言った。

「助かります」

佐之助は、ほっとしたようだ。

「惣兵衛さんがいなくて良かったかもしれないよ。佐之助さんの言う通り、お金の無心かもしれないし、そうでなくても、惣兵衛さんは直介を恨んでいる。会えばどんなことになるか分からないからね」

「では急いで仕度を……」

まもなく二人は、海辺大工町に向かった。

心を急かして歩いていると、さすがにべったりと汗をかく。

おたつは、時折襟足の汗を抑えながら、佐之助に遅れぬように足を運んだ。

「あいつは、私と郷里が同じなんです。歳も今年で三十歳……」

ぽつりと佐之助が言う。

「上方だね」

おたつが訊くと、佐之助は頷いて、二人は一緒に近江の田舎から江戸に出て来、供に手代となって将来を競い合っていた仲だったと打ちあけた。

「直介は馬鹿なことをしました。人生は、何時、どうなってしまうのか分かったものではありません」

佐之助はしみじみと言い、また黙って歩いた。

結び文にあった海辺大工町の裏店は、すぐに見つかった。

木戸を入るとすぐに、佐之助が路地に立っている女に気付いた。

「あの女は文を持ってきた人です」

佐之助がおたつにささやき、女に近づくと、女はすぐそこの戸を開けて、ここだ、入れと促した。

佐之助とおたつが家の中に入ると、頭に包帯を巻き、目の周りや頬が青黒く変色した男が、布団の上に横になっていた。

ぷんと異臭が漂う。部屋の中に暮らしの道具らしいものは何一つ無く、直介がどのような暮らしをしているのか推測できた。

「直か……」

佐之助が土間から声を掛けると、男はゆっくりと顔をこちらに向けた。手を出して上がってくれと言っている。

佐之助とおたつは、草履を脱いで上に上がり、直介が横になっている側に座った。

「旦那さまは出張だ」

代わりにこちらの、旦那さまが頼りにしているおたつさんとやって来たのだと告げた。

「すまねえ、もう二度と会うこともあるまいと思ってな」

直介は、ふっと自身をさげすむような笑いを口辺にのせた。

「その傷は、いったいどうしたんだ」

佐之助が訊く。

「これか……悪党にやられたんだ。こんどこの江戸で見かけたら命はねえと思えと言われている」

「馬鹿なことを……」

佐之助は呟いた。顔をそむけたくなるような思いだ。

「まったく、なっちゃあいねえ、身から出た錆だ。田舎のおふくろも心配していると風の便りに聞いている。傷が癒えたら江戸を出るつもりだったんだが、その前にけじめをつけなきゃあならないと思ったんだ。これまでのありのままを旦那さまに話して、旦那さまが俺を許せないから命を差し出せ、そうおっしゃるのなら、そうしようと思ったんだ」

直介は真顔だった。

「お初お嬢様のことか……」

佐之助が訊く。

「そうだ、三年前にお前に会いに行った時に、お初は亡くなったと言ったが、あれは嘘だ、俺はお初を女衒に渡してしまったんだ」

「直、お嬢様は……」

お初のことを言いかけた佐之助の袖を、おたつは引いた。

ここに来るまでに、お初や又吉の所在などは、けっして直介には知らせない方がいい、そうおたつと決めていたのである。

ところがつい、つい佐之助の口が滑りそうになったのだった。

直介は苦しげな息をついてから話を続けた。

「お初は、今吉原にいる。俺の調べでは、梅里と名乗っているらしい。なんとか金を作って出してやりたいと思ったが、このざまだ。俺は金に縁がねえ。佐之、すまないがお前から旦那さまに話して、お初を吉原から出してやってほしいのだ」

「分かった」

佐之助は頷いた。

「それともうひとつ、俺は我が子までゆきずりの男に渡してしまっている。金の無い、働く場所も住む場所も定まらない親の元では育てるのは無理だと、あの時はそう思った……」

「気の小さかったお前が……やさしかったお前が、ゆきずり男にわが子を渡すなど、信じられないよ、人間のすることではない」

佐之助は厳しく言った。

「今更ごめんなさいと言っても許せる筈もないことは分かっている。先にも言ったが、この傷が癒えるまではここにいる。いつでも命を差し出せる、旦那さまにはそう伝えてくれ」

直介はそう言うと、激しく咳き込んだ。みるみる顔から血の気が引いていく。

「直！」

佐之助が驚いて、思わず直介の背中を撫でたが、直介の咳は止まらない。

その時だった。表の路地にいたあの女が入って来た。

急いで台所に置いてあった煎じ薬を直介に飲ませると、直介の咳はまもなく止んだ。だがぐったりして直介は崩れるように布団に横になった。

「怪我だけじゃないんだね、何の病を持っているんだね」

おたつは、虫の息の直介の顔を見ながら女に訊いた。

「分からないってお医者さんもいうんですよ。でも、長くないんじゃないかって……それでこの人、旦那さまにお詫びしたいと……」

「や、やめろ……」

直介が弱々しく手を振っている。

「だってお前さん……」

女は泣き出した。

「直介さん」

おたつは、直介に膝を寄せると、

「お初さんのことも、人の手に渡した赤子のことも、もう案ずることはないんだから、任せておきな。それより、しっかり養生をして、いいね」

おたつの言葉に、直介の双眸から涙が溢れ出た。

「ありがてえ、ありがてえ……」

十

おたつと岩五郎が、又吉をお初と対面させるために根岸の寮に赴いたのは、盆も過ぎたある日のことだった。

おたつと佐之助が、海辺大工町の長屋に呼ばれて出かけてから半月が過ぎていた。あののち、惣兵衛が出張から戻り、おたつと佐之助は直介の話を伝えたのだが、惣兵衛が佐之助と翌日長屋を訪ねた時には、直介は既に亡くなっていたようだ。

又吉については、岩五郎が順を追って話してやったと聞いている。

「又吉は利発な子だ。遠回しにごまかして話すよりも、本当のことを話してやる方がいい。話を聞いた直後には傷つくだろうが、母親のお初も、必死に暮らしてきたことを話せば、きっと分かってくれる筈だ」

岩五郎はそう言っていたから、又吉には何故人の手に渡したのかきちんと説明している筈である。

それでも、おたつと岩五郎が根岸の寮に連れて行くと、門前で又吉は動かなくなった。

「又吉……」

おたつが背中を抱えるようにして玄関に入った。

お初と惣兵衛は、庭の見える六畳の座敷で待っていた。

「さあ、又吉」

おたつは又吉を部屋の中に入れ、自分は岩五郎と縁側に座って見守った。

又吉は唇を硬く結んで俯いた。顔を上げようともしなかった。

「又吉……顔を見せておくれ。私はお前のじいさまだ」

惣兵衛が又吉に近づいて言った。だが又吉は、

「……」

返事もしないし、顔を上げようともしなかった。

惣兵衛はまたも優しく語りかけた。

「そっちにいるのが、おっかさんだ。岩五郎さんから話は聞いているだろうが、ず

っとお前のことを心配しながら暮らしていたのだ」

「……」

又吉の心は、開きそうもない。

お初ははらはらして、今にも泣き出しそうな顔をして、又吉を見詰めている。

走り寄って抱きしめたいに違いないのだが、そんなことをして嫌われたらどうしようかと、あれやこれや考えて戸惑っているようだ。

惣兵衛はもう一度語りかけた。

「又吉……」

その時だった。

「おいら、お願いしたいことがあるんだ」

俯いたまま言った。

「なんだね、なんでもこのじいさまに言っておくれ」

「おいらは、時蔵おとっつぁんとおしげおっかさんが育ててくれたんだ」

「うむ」

「おとっつぁんの話じゃあ、おいらは良く泣く赤子で、夜中に大きな声で泣いたら長屋のみんなに迷惑がかかる。それで、おとっつぁんと、おっかさんは、かわるがわるおいらをおんぶして大通りに出て寝かしつけたと言っていたんだ」

　惣兵衛は大きく頷く。

「熱を出して死にそうになった時には、二人で一晩中、額に冷たい手ぬぐいを掛けてくれたんだ」

「そうだろうとも……」

　惣兵衛はしみじみと相槌を打つ。

「貧乏で、ご飯が足りない時にも、おとっつぁんは、おいらにだけはたくさん食べろと……」

　又吉の声が涙で濁る。

「又吉……」

　お初が耐えられなくなって、又吉の側に歩み寄る。

「おいらがお願いしたいのは、おとっつあんも、おっかさんも亡くなったけどお墓がないんだ。おいらは働いて、お金を貯めて、お墓をつくってやりたいんだ」

　又吉は訴える。

「又吉……約束します」

お初が又吉を抱き寄せた。

又吉は、声を出して泣き出した。

惣兵衛も又吉に近づいて、その小さな背中に手を置いた。

おたつと岩五郎は、そこまで見届けて寮を出た。


二人は石神井用水に待たせていた猪牙舟に乗った。

山谷堀まで出て、そこから更に隅田川を下って帰るつもりだ。

しばらく二人は、涼しい風に吹かれながら、舟を漕ぐ音を聞いていた。

心地よい疲労が、おたつの心を満たしている。

遠くに山谷堀に架かる橋が見えてきたとき、岩五郎が声を駆けて来た。

「おたつさん、ひとつ聞いてもいいかい……」

「改まってなんだろうね」

おたつは笑った。

「何、あっしはおたつさんのことを知っているようで知らない。おたつさんが花岡藩の江戸上屋敷で、奥女中をとりしまる重いお役について、多津さまと名乗ってい た時に、お女中の一人が町場で事件に巻き込まれ、その時に北町の旦那と多津さまにお会いした訳だが、その多津さまが、おたつと名乗って長屋で暮らし、吉次朗って方をさがしていなさる。ずっとお大名の奥で暮らすことだってできたのに、何故なんです……吉次朗って人は、おたつさんにとって、どんな人なんですか」

「……」

おたつは返事に困った。すると岩五郎は、

「あっしを信用してくれねえんですか」

「いいえ、そんなことはありませんよ。今の私には岩五郎さんが頼り……」

「おっしゃっていただけやせんか。その方があっしも動きやすいというものです」

岩五郎は念を押す。

「分かりました、お話しします」

おたつは、改まった顔を向けると、

「吉次朗さまは、側室美佐《みさ》さまのお子、お生まれになった当時は、正室真希《まき》の方さまにもお子がお生まれになり、不穏な空気が生まれました……」

側室美佐は、多津の部屋子だっただけに、多津は美佐母子が跡目争いに巻き込まれていくのを案じていた。

そんなおり、美佐が病の床についた。殿さまのご寵愛を一身に受けていた美佐の病は、これまた様々な噂が乱れ飛んだ。

毒を盛られたのじゃないかというその噂が、まるきり外れている訳ではないと思ったのは、それまで何の病の兆候もなかった美佐が、突然倒れたからだった。

殿さまは、あらゆる手をつくすよう医師に命じたが、回復の兆しはない。

いよいよ命が危ないとなったある日、美佐は多津に、我が子を安全な場所で育てるよう手はずを整えてほしいと言ったのである。

町人にしても良い、二度とここに戻ってこなくてもいい、立派に大人になって幸せを掴んでほしいと美佐は言った。

多津は自身の配下の女中に命じて、ひそかに屋敷を出し、かねてより用意していた町外れの屋敷で美佐のお子を育てていた。

ところが今から五年前、女中も吉次朗も、多津に黙って姿を消したのだった。

折しも殿さまが病がちになり、真希の方様のお子が上様にもお目通りを済ませて跡を継ぐことは決まっていたのだが、先年疱瘡を煩ってから重い障害が残ってしまった。

急遽、吉次朗を探し出せと殿さまからの命が下り、多津は上屋敷にお暇願いを出し、吉次朗を探しているのであった。

「そういうことなんですよ、岩五郎さん……」

おたつは言った。

「ありがとうございやす。よく分かりやした。このこと、口が裂けても誰にも申しません」

岩五郎は頭を下げた。そして言った。

「話を伺った以上、この岩五郎がきっと探し出してみせます。なあに、あっしたちにはあっしたち仲間の繋がりがございやすから」

「ありがとう、よろしく頼みます」

おたつは、岩五郎の心強い言葉に礼を言った。

岩五郎には何時か話そうと思っていたところだ。

このたびも又吉とお初の再会を見るにつけ、きっと吉次朗に会える筈だと、密かに心の中で念じていた。

「お客さん、今日もいい天気だ、ご覧なさいまし、雲ひとつねえや」

船頭が楽しそうに大声をあげて話かけてきた。

おたつは空を仰いだ。

秋の気配を感じる空だが、晴れやかな日の光が、あまねく御府内に注いでいる。

――あの朝顔の……。

おたつは、惣兵衛が描いた、陽光と名付けた朝顔の光を思い出していた。

この作品は書き下ろしです。

秘《ひ》め事《ごと》おたつ

細雨《さいう》

藤原緋沙子《ふじわらひさこ》

平成29年10月10日　初版発行
令和5年4月25日　3版発行

発行人――石原正康
編集人――高部真人
発行所――株式会社幻冬舎
〒151-0051東京都渋谷区千駄ヶ谷4-9-7
電話　03(5411)6222(営業)
　　　03(5411)6211(編集)
公式HP　https://www.gentosha.co.jp/

印刷・製本―図書印刷株式会社
装丁者――高橋雅之

幻冬舎時代小説文庫

ISBN978-4-344-42665-8　C0193　ふ-33-1

この本に関するご意見・ご感想は、下記アンケートフォームからお寄せください。
https://www.gentosha.co.jp/e/